Andre

www. moins-de-16.com

Éditions de la Paix

Gouvernement du Québec

Programme de crédit d'impôt pour l'édition de livres

Gestion SODEC

Nous remercions le Conseil des Arts du Canada de l'aide accordée à notre programme de publication.

Nous reconnaissons l'aide financière du gouvernement du Canada par l'entremise du Programme d'aide au développement de l'industrie de l'édition (PADIÉ) pour nos activités d'édition.

Andreas A. Noll

www.moins-de16.com

Collection Ados/Adultes PLUS, n° 2
Traduction Marine Van Hoof

Éditions de la Paix
pour la beauté des mots et des différences

Dépôt légal 4e trimestre 2004
Bibliothèque nationale du Québec
Bibliothèque nationale du Canada

Imprimé au Canada

De l'auteur suisse, Andreas A. Noll

Traduit de l'allemand par Marine Van Hoof
Révisé par Élise Bouthillier

Graphisme Éclypse Image

Éditions de la Paix
127, rue Lussier
Saint-Alphonse-de-Granby
Québec J0E 2A0
Téléphone et télécopieur (450) 375-4765
Courriel info@editpaix.qc.ca
Site WEB http://www.editpaix.qc.ca

Données de catalogage avant publication (Canada)

Noll, Andreas A., 1965

www.moins-de-16.com

(Ados/adultes. Plus ; no 2)

Traduction de: www.nur-unter-16.com

ISBN 2-89599-015-8

I. Van Hoof, Marine. II. Titre. III. Collection: Ados/adultes. IV. Collection: Ados/adultes. Plus ; no 2.

PT2714.O44W8814 2004 833'.92 C2004-941810-6

Je dédie ce livre

à tous les enfants de ce monde
qui sont devenus des victimes
de mauvais traitements
et d'abus sexuels.

Aux Éditions de la Paix,

www.moins-de-16.com

est une traduction de l'allemand

www.nur-unter-16.com

de Andreas A. Noll

Ce même titre paraître en anglais

à Éditpaix

au printemps 2005 sous le titre

www.under-16.com

Chapitre premier

Aux confins de l'arrière-pays, dans une banlieue proche de la frontière canadienne longeant la province de l'Alberta, un individu court à travers les rues.

Il pleut à verse. La silhouette ténébreuse s'arrête devant une porte de bois brun et jette furtivement un dernier coup d'œil en arrière. Elle ouvre la porte qui sert d'entrée secondaire à une luxueuse boîte de nuit.

Près de l'estrade, l'ombre gravit les marches de l'escalier menant à l'étage des bureaux. Le couloir est sombre, les murs sont recouverts de bois. On y distingue plusieurs marques de coups et d'éraflures dissimulées tant bien que mal par des couches de peinture successives. Une moquette usée recouvre le plancher.

Il n'y a personne en vue. Mais lorsque l'ombre atteint le second étage, elle voit un homme vêtu d'un complet élégant qui monte la garde devant une porte fermée.

Apparemment, le gorille n'a pas encore remarqué la présence de l'intrus. Debout, l'air de s'ennuyer un peu, il contemple l'une des rares toiles qui décorent le mur.

Lentement, la silhouette retire de l'intérieur de son manteau une arme munie d'un silencieux et vise l'homme. Deux balles touchent mortellement le garde du corps qui s'écroule au sol. Il ne bouge plus. Son sang se déverse sur le tapis rouge foncé et s'y infiltre.

La sombre silhouette lève sa main gantée de cuir noir et l'étire en direction de la porte toujours fermée. Elle tourne la poignée en s'y prenant doucement.

Par la porte entrebâillée, trois voix se font entendre. La silhouette s'arrête brièvement puis, après s'être assurée que personne ne l'a remarquée, elle pousse délicatement la porte et pénètre dans le bureau. Effectivement, trois hommes s'entretiennent.

Ils portent de beaux habits avec une cravate assortie. L'un d'eux semble un peu plus âgé, environ la cinquantaine, et affiche une allure prestigieuse.

Ne se doutant de rien, les trois hommes poursuivent leur conversation, assis autour d'une table ronde en acajou laqué. Devant eux, une bouteille de vodka et quelques verres ont été posés.

En polonais, ils discutent en riant de plans d'avenir pour leur entreprise.

— À présent, nos affaires s'étendent presque jusqu'à Seattle, dit l'un d'eux en levant son verre en direction des deux autres.

Par terre, plusieurs cassettes vidéo sont empilées.

De nombreuses photos circulent de main en main. Les trois complices les commentent avec intérêt. L'un des hommes salive soudain devant une des photos, les deux autres se lèvent et se placent derrière lui pour la regarder par-dessus son épaule. Le silence envahit la pièce, interrompu seulement par des chuchotements excités. Les photos retiennent toute leur attention.

Tenant toujours son pistolet, l'intrus vise cette fois en direction du groupe. Il tire plusieurs fois. Les trois hommes, surpris, n'ont pas l'occasion de réagir ni même de pousser un cri.

La silhouette décharge toutes ses munitions, créant ainsi une immense mare de sang qui éclabousse les murs et dégouline le long du papier peint.

Tout devient calme dans la pièce. Seule la pluie tambourine à l'extérieur, martelant le mur et les vitres. Sur une petite table, l'horloge indique que minuit approche.

La silhouette saisit fébrilement d'autres cartouches dans la poche de son manteau. Après avoir retiré le chargeur vide de l'arme, elle le remplit à nouveau. Ses gestes sûrs dénotent une grande habitude.

Ensuite, elle s'approche de la table où gisent quelques images qui, comme les verres et la bouteille de vodka, sont recouvertes de sang. Les trois hommes sont étendus par terre et ne bougent plus. L'ombre, stoïque, observe la scène.

Elle saisit quelques images et les contemple avec une telle intensité qu'on la croirait en transe. Puis, d'un seul coup, elle les lance toutes par terre. Ce qu'elle a vu l'a bouleversée : de très jeunes filles, nues, les yeux remplis d'angoisse...

Plusieurs secondes s'écoulent, le temps que la silhouette reprenne ses esprits. Elle prend quelques photos et les enfonce dans sa poche, puis elle abandonne le reste.

Un bref gémissement emplit soudain la pièce. L'un des hommes bouge encore. Quelques coups de pistolet le ramènent à l'immobilité. Définitivement.

Brandissant un briquet, la silhouette met le feu à la corbeille à papiers dont le contenu s'embrase immédiatement. Elle la renverse afin que le feu gagne le plancher en bois, les tapis et les images. Après avoir contemplé l'ensemble de la pièce, elle en sort, paisible comme si de rien n'était.

La porte arrière du bar s'ouvre à nouveau et la ténébreuse silhouette quitte les lieux. Elle remet le pistolet dans sa poche après s'être assurée qu'il n'y a personne en vue à cette heure.

Elle se dirige vers la rue principale où l'on peut entendre le bruit des rares voitures qui passent. La pluie crépite encore lorsque l'ombre s'enfonce dans une ruelle isolée et disparaît à tout jamais.

Quelques lumières animent, par-ci par-là, les maisons et les immeubles. Un vent froid d'automne balaie les rues désertes.

Chapitre 2

— Jessica Viner ! cria la secrétaire de l'école à travers le long couloir, alors que les élèves alertés par la sonnerie de la pause quittaient leur salle de classe.

Le corridor menait à une grande place de la cour extérieure. On y trouvait quantité de tableaux d'information, des bancs et plusieurs salles de gymnastique. Peints de toutes les couleurs, les murs étaient couverts de graffitis. Si certains étaient réussis, d'autres n'étaient que du gribouillage stupide.

Cette école était fréquentée par de nombreux jeunes des environs. Pendant que quelques élèves tiraient une cigarette de leur poche, la majorité se contentait de rester simplement là à bavarder. Rejoints par leurs copains, ils formaient des cercles et conversaient.

— Jessica Viner ! cria à nouveau la vieille dame en interpellant une élève aux cheveux blonds et courts qui lui tournait le dos.

La jeune fille portait des chaussures de sport, des jeans et un *T-shirt*. À la façon dont elle avançait aux côtés de ses camarades d'école, on avait l'impression qu'elle ne pensait qu'à faire des blagues et à s'amuser. Mais ses yeux bleu éclatant révélaient une expression beaucoup plus sérieuse et intelligente.

La jeune élève se retourna alors et constata que la vieille dame se trouvait à une trentaine de mètres d'elle. Quelques étudiants tournèrent aussi la tête en direction de la secrétaire en ricanant. Avant que celle-ci ne crie son nom pour la troisième fois, Jessica répondit enfin :

— Oui, madame Newman, qu'est-ce qu'il y a ?

Les trois camarades de Jessica, une autre fille et deux garçons, s'immobilisèrent et regardèrent la vieille dame s'approcher à dix mètres d'eux.

— Vous êtes priée de venir au bureau du directeur. Il a quelques questions à vous poser, expliqua madame Newman sèchement en regardant la jeune fille avec sévérité.

Il était évident que, malgré son ton sévère, la situation était vraiment plaisante pour madame Newman. Elle usait soigneusement de son pouvoir en l'étalant ostensiblement devant les autres élèves.

— O.K., répondit Jessica d'un air ennuyé. Je viens tout de suite, continua-t-elle en jetant un œil sur ses camarades.

Faisant volte-face, madame Newman s'en retourna. Les élèves se rangèrent immédiatement pour lui permettre de passer. Personne ne voulait avoir d'ennuis avec elle.

Jessica, quant à elle, lui tira la langue dès qu'elle eut tourné le dos. Les autres se mirent à rire doucement, tandis que certains portaient la main devant leur bouche.

Les trois camarades de la jeune fille la regardèrent d'un air interrogatif.

— Qu'est-ce qu'il te veut, le directeur, cette fois ? interrogea l'un d'eux qui, comme les autres, portait des vêtements sombres.

Jessica haussa les épaules.

— C'est sans doute pour cette histoire de « piratage ». Ils pensent encore qu'ils vont trouver une piste et nous attraper. Mais voilà, on n'a laissé aucune trace ! répondit-elle en leur souriant.

— Sûr que non, murmura un autre élève.

Il portait les cheveux presque aussi courts que Jessica, mais il était plus mince et la dépassait d'une demi-tête. Il semblait le plus roublard des deux garçons. Ses cheveux tombaient en boucles brun clair sur son front. Il avait un petit nez et des lèvres charnues. Il portait un anneau en argent au sourcil et son *T-shirt* laissait entrevoir un tatouage à la base du cou.

— Tu t'en tiens à ce qu'on a dit, d'accord ?

Jessica acquiesça en le regardant.

— Évidemment, Martin, répondit-elle.

L'autre garçon leur demanda :

— Qu'est-ce que vous faites ce soir ?

Martin se retourna et répondit par une question :

— Quoi ? As-tu planifié quelque chose avec Conny ?

— Oui, Conny et moi, on voulait aller au cinéma. Il y a un nouveau film.

Jessica secoua la tête.

— Sans nous. Martin et moi, nous avons rendez-vous pour un clavardage.

Martin approuva de la tête.

— Bon, alors, on se retrouve demain ? demanda Nicolas.

Martin acquiesça de nouveau.

— Oui, Nicolas, passez une belle soirée au cinéma, toi et Conny !

Comme Jessica, Conny avait les cheveux blonds, mais longs jusqu'aux épaules. Elle portait à la lèvre inférieure un perçage en argent, et on pouvait apercevoir sur son cou un petit tatouage. À hauteur de la poitrine, son *T-shirt* était décoré du slogan *Fuck School*.

À part une déchirure dans ses jeans à la hauteur des genoux, son ami Nicolas présentait une apparence plutôt discrète.

— Passe une bonne soirée, toi aussi, Jessy ! lança Conny à Jessica.

— Et ne t'en fais pas, ça va bien aller avec le directeur, ajouta Nicolas.

Puis, prenant la direction opposée, ils s'en allèrent bras dessus, bras dessous dans le corridor étroit de l'école.

De dos, avec leurs jeans pratiquement identiques, on aurait pu les imaginer facilement frère et sœur, s'apprêtant à quitter l'école ensemble, s'ils ne s'étaient pas pris aussi tendrement par la taille.

Martin portait une chemise bleue et un pantalon de cuir noir usé. Il regarda Jessica avec tendresse, il la plaignait parce qu'elle devait se présenter chez le directeur. Tenant une veste en jeans à la main, Jessica était vêtue de jeans brun foncé. Elle portait son sac d'école accroché à l'épaule.

— Ça va aller, ils n'ont aucune preuve, répéta Martin.

Jessica acquiesça.

— Je n'ai pas peur, répondit-elle avec assurance, en se rapprochant un peu de lui.

Puis elle murmura :

— Ils veulent sans doute nous faire avaler qu'ils savent quelque chose. Mais nous avons tous été prudents.

Martin approuva et sourit.

— Ce soir, on se voit à dix-sept heures, chez toi ou chez moi ? demanda-t-il.

— Chez moi. Ma sœur Marlène vient nous dire bonjour aujourd'hui. Mes parents seront bien occupés à discuter de leurs problèmes avec elle. On pourra donc clavarder en paix dans ma chambre.

— Parfait, alors à ce soir ! À moins que tu ne préfères que je t'attende ici dehors devant la porte ?

Jessica fit non de la tête. Martin lui pressa brièvement l'épaule, puis la laissa partir. Elle prit lentement la direction du bureau du directeur. Il continua longtemps à la regarder, mais elle poursuivit son chemin sans se retourner.

Fière et sûre d'elle, Jessica emprunta le couloir étroit où se trouvaient encore une poignée d'élèves et de professeurs. Quelques-uns la dévisagèrent à son passage.

Après avoir tourné deux fois à angle droit, elle se retrouva devant une porte fermée sur laquelle étaient indiqués deux noms : Madame Newman, Secrétariat, et Monsieur Legrand, Directeur.

Jessica s'arrêta un moment et se concentra. Elle réfléchissait aux questions qui l'attendaient. Il n'y avait sûrement rien de bon à attendre de cet entretien. Ça se lisait sur le visage de madame Newman tout à l'heure. En fait, elle n'avait jamais été dans ce bureau pour quelque chose de bien.

Jessica frappa un coup à la porte et l'ouvrit. Elle entra et referma la porte derrière elle.

Madame Newman était assise derrière son bureau et lorgnait le grand écran de son ordinateur. Dans la pièce, une autre porte menait au bureau du directeur. Elle était entrouverte.

— Jessica Viner ! Monsieur Legrand vous attend dans son bureau, dit-elle d'un air important en pointant avec son feutre rouge la porte ouverte. Jessica hocha brièvement la tête et s'y dirigea en silence. Elle frappa un coup et entra.

Un homme élancé, aux cheveux courts poivre et sel paraissant dans la quarantaine, était assis à son bureau. Lorsque Jessica pénétra dans la pièce, il releva les yeux, se leva et la pria de refermer la porte. D'un geste de la main, il lui indiqua une des trois chaises vides faisant face à son bureau.

— Asseyez-vous donc, Mademoiselle Viner, dit-il poliment.

Jessica opta pour la chaise du milieu et s'y installa comme il le souhaitait. Lui-même réintégra sa place derrière son bureau. Ensuite, il retira d'une montagne de dossiers quelques documents visiblement sélectionnés à l'avance.

Le directeur de l'école avait un visage sympathique. On aurait dit que rien ne pouvait troubler sa tranquillité. Il tourna ses yeux limpides en direction de la jeune fille.

— Alors, Monsieur Legrand, qu'est-ce que j'ai encore fait de travers ? demanda Jessica dont la curiosité était piquée.

Monsieur Legrand esquissa un sourire. Puis, il devint sérieux :

— En fait, je vous ai convoquée pour parler de votre comportement et de vos résultats scolaires...

Jessica prit une profonde inspiration, puis expira lentement par le nez.

— Mademoiselle Viner, même avec la meilleure volonté du monde, je n'arrive pas à vous comprendre, poursuivit Monsieur Legrand en la regardant.

Le dossier était devant lui, mais il ne l'avait pas encore ouvert.

— Durant le dernier semestre, vos notes ont tellement décliné que vous allez devoir recommencer l'année si vous persistez dans cette voie.

Jessica s'enfonça dans son siège et croisa les jambes. Se détournant de lui, elle regarda en direction de la fenêtre, signifiant ainsi son désintérêt.

— J'ai devant moi une jeune femme douée et intelligente. Et je me demande ce que je peux bien faire pour que ses résultats s'améliorent. Car vous êtes tout, sauf stupide. Cela, vous l'avez bien démontré à moi comme aux autres dans cet établissement.

— Ah oui ? interrogea Jessica.

— Mais oui, Mademoiselle Viner, vous êtes quand même parvenue à pénétrer dans l'ordinateur de l'école sans que nous puissions vous attraper, répondit Monsieur Legrand.

— C'est un mensonge ! répliqua violemment Jessica en se redressant sur son siège. Vous allez encore revenir avec ces accusations ?

De la main, Monsieur Legrand fit signe que non.

— Aujourd'hui, il ne s'agit pas de savoir si vous-même ou un de vos camarades avez piraté l'ordinateur de l'école il y a deux semaines ; ce qui importe, c'est que je suis conscient que vous disposez d'un potentiel extraordinaire. Selon moi, vous pourriez accomplir des choses bien plus prometteuses sans votre comportement destructeur actuel. Dites-moi, Mademoiselle Viner, qu'est-ce qui ne va pas ?

Jessica se renfonça à nouveau dans son siège. Cette fois, elle croisa les bras.

— Les enseignants, continua le directeur, m'ont signalé à plusieurs reprises que vous étiez désobéissante et que vous répondiez de manière insolente en classe. J'ai même appris que vous en étiez venue aux mains avec un de vos camarades. Quoique ma collègue a reconnu qu'elle ignorait la cause de la dispute. Mais Jessica, d'où vient ce comportement agressif ? Je suis persuadé que vous êtes pourtant une toute autre personne en réalité.

— Je ne sais pas ce que vous voulez dire ! répondit vivement Jessica. Peut-être que je ne suis pas du tout comme vous aimeriez me voir, et peut-être aussi que vous vous trompez complètement.

Monsieur Legrand secoua la tête.

— Je ne me trompe absolument pas, et vous le savez très bien !

— Dans ce cas, je vais de nouveau essayer de faire de mon mieux. Ça vous va comme ça ? demanda-t-elle hypocritement.

Le directeur savait parfaitement que Jessica n'avait aucun intérêt à poursuivre cette conversation.

— Alors, Monsieur le Directeur, puis-je m'en aller à présent ?

— Tout de suite, mais j'ai quelque chose à vous donner auparavant.

Il la pria d'attendre un moment et ouvrit le dossier devant lui pour y prendre une feuille de papier.

Ensuite, il se leva et la lui tendit. Jessica se leva également et, en se penchant au-dessus du bureau, lui prit la feuille des mains. Elle y lut : *Porte sérieusement atteinte à...*

Jessica fronça les sourcils.

— Je vous remets cette lettre, en vous demandant de la faire signer par vos parents, dit le directeur. Elle contient un résumé de vos résultats scolaires. J'y ajoute que je trouverais extrêmement regrettable que vous soyez obligée de recommencer votre année, suite aux mauvaises notes que vous avez obtenues jusqu'ici.

Ils se regardèrent fixement tous les deux.

— Vous ne me laissez pas d'autre choix, Mademoiselle Viner, continua monsieur Legrand avec regret, mais d'un ton décidé.

Interrompant sa lecture, Jessica lui rendit la lettre.

— Je ferai donc parvenir cette lettre à vos parents dans les prochains jours. Je compte sur votre compréhension, Mademoiselle Viner. Si vous souhaitez me reparler de ce sujet, je suis en tout temps à votre disposition, dit le directeur en lui tendant la main.

Mais Jessica fit volte-face et lança un *ciao* par-dessus son épaule. Elle gagna la porte sans plus attendre.

— Vous pouvez laisser la porte ouverte, entendit-elle dans son dos.

Sa colère éclatait alors qu'elle se dirigeait vers le secrétariat.

Ce papier du directeur, elle devait l'empêcher de tomber entre les mains de ses parents.

Le directeur de l'école hocha la tête et se rassit dans son fauteuil.

— Mais pourquoi se renferme-t-elle ainsi ? murmura-t-il en contemplant une reproduction d'un tableau de Kirchner sur le mur en face de lui.

— Je trouverai bien un prétexte, pensa Jessica en claquant la porte derrière elle.

Madame Newman n'était pas à son bureau. Jessica supposa qu'elle devait se trouver dehors en train de faire sa ronde, comme tous les jours.

Alors qu'elle allait quitter le secrétariat et avait déjà saisi la poignée de la porte, elle fit demi-tour et s'approcha du bureau vide.

— Je vous hais !

Elle s'empara d'un tas de papiers reposant dans une filière colorée réservée au courrier, le souleva, puis le laissa retomber sur la table. Les feuilles volèrent dans tous les sens. Quelques-unes vinrent se déposer par terre devant la chaise.

— Stupide vache ! proféra Jessica tout bas.

Puis elle regagna la porte et sortit.

On entendait du bruit, mais cela ne la dérangeait pas. Elle parcourut le couloir étroit en direction de la sortie et quitta le bâtiment de l'école.

Dehors, elle s'immobilisa en haut de l'escalier un bref instant et contempla le ciel. Elle retrouvait le contact avec la liberté. Elle inspira profondément, et ses lèvres esquissèrent un sourire. Ses cheveux blonds courts étaient ébouriffés par le vent. Elle repensa aux paroles du directeur, puis elle descendit les dix marches de pierre et quitta les lieux.

À dix-sept heures, Conny, Nicolas et Martin vinrent retrouver Jessica chez elle.

Sa famille habitait un quartier élégant de la ville caractérisé par des maisons très imposantes.

Une moquette bleu foncé recouvrait le plancher de la salle à manger des Viner. Certains meubles étaient de style Art nouveau, et près du foyer se trouvait un piano. Les étagères des bibliothèques fixées au mur étaient remplies de classiques de la littérature et de livres d'art. Entre deux étagères, on avait accroché la reproduction encadrée d'un tableau moderne. Un petit tapis était posé au pied de l'escalier qui menait à la chambre de Jessica.

Assis autour d'une grande table devant leur ordinateur portable allumé, les quatre amis s'activaient sur leur clavier. Ils se parlaient à voix haute tout en surfant sur diverses banques de données. Ils regardaient des images marrantes et des dessins animés qu'ils voulaient envoyer à d'autres amis. Ils s'amusaient beaucoup.

— Je suis content d'avoir renoncé au cinéma, dit Nicolas. On s'amuse bien mieux chez toi, ce soir.

Jessica rit brièvement. Conny l'embrassa et se mit à rire aussi :

— Oui, vraiment on s'amuse bien plus avec vous deux, mais j'espère que vous ne vouliez pas être seuls ?

Conny regarda Nicolas qui lui sourit en retour.

Jessica tapa quelques lignes. Elle venait d'établir un contact avec quelqu'un qu'elle avait rencontré en clavardant. Des messages s'échangeaient dans tous les sens. Parfois l'un des jeunes se mettait à crier et à rigoler. Puis ils éclataient tous de rire en regardant l'écran de l'autre... Sauf Jessica, complètement absorbée par sa conversation avec son inconnu virtuel.

— Jessica, regarde, on a trouvé quelque chose de nouveau pour notre site Web !

Jessica releva les yeux. Comme si elle sortait d'un état de transe, elle se leva de sa chaise et se pencha vers l'ordinateur de Nicolas qui se trouvait à côté d'elle. Sur l'écran, on voyait des cervelles en train de sautiller dans les bois. Cela la fit rire très fort comme les autres, mais soudain un son strident sortit du haut-parleur de son propre ordinateur.

— Je crois que tu viens de recevoir un courriel, constata Conny.

Jessica regagna sa place pendant que les autres s'activaient auprès de leur ordinateur. Elle posa sa main droite sur la souris et cliqua plusieurs fois. L'écran se modifia à toute vitesse et elle accéda à sa boîte aux lettres électronique. Mais elle hésitait un peu.

— Tu te demandes si tu dois ouvrir ce courriel ? questionna Conny qui s'était approchée d'elle et regardait son écran.

Jessica hocha la tête.

— Je ne connais pas l'expéditeur. Et ce courriel fait plus d'un mégaoctet, hum...

Conny se pencha en avant et examina l'écran de plus près.

— Salutations cordiales, un ami ! lut-elle tout haut.

— Tu penses que je devrais l'ouvrir ? demanda Jessica en regardant brièvement Conny. Celle-ci fit oui de la tête.

— Je ne crois pas que c'est un virus, répondit-elle. Vas-y !

Jessica fit glisser la souris et guida la flèche virtuelle sur l'écran jusqu'au courriel, puis cliqua. Son ordinateur se mit à vibrer doucement ; il semblait travailler sans relâche.

Le courriel s'ouvrit enfin. Le tableau gris s'effaça de l'écran pour faire place à une photo. On n'apercevait d'abord que la moitié supérieure d'un visage.

De seconde en seconde, d'autres parties venaient compléter l'image. Finalement, elles aperçurent le corps nu d'une enfant. Elle était couchée sur un lit recouvert d'un drap rose, les jambes écartées. C'était une jeune fille d'environ onze ans.

— Mon Dieu, qu'est-ce que c'est ça ? demanda Conny en voyant l'image apparaître. Quelle cochonnerie !

Blanche comme un drap, Jessica avait perdu la langue. Martin et Nicolas quittèrent leur siège pour s'approcher de l'écran.

— C'est une photo porno avec des enfants, dit Martin. Moi aussi, j'ai retrouvé des images semblables sur mon écran sans le vouloir.

Martin et Nicolas blaguèrent un peu sur le sujet. Cela ne semblait pas les déranger plus que ça, comme si c'était normal de se faire envoyer de telles photographies. Mais, tandis qu'ils observaient le cliché de plus près, un lourd silence envahit la pièce. Car dans la partie inférieure de l'image, on distinguait quelque chose d'autre : une grosse main poilue qui maintenait une jambe de l'enfant relevée. Dans les yeux de la petite, on pouvait lire son angoisse.

Une ambiance étrange envahit la pièce. Plus personne ne dit un mot. Puis Conny s'agenouilla près de Jessica et la regarda de côté.

— Jessy, qu'est-ce que tu as ? demanda-t-elle.

Conny était la première à remarquer que quelque chose n'allait pas chez son amie. Jessica ne répondit pas, ses yeux demeuraient rivés à la photographie. Clouée sur sa chaise, elle regardait l'image et devenait de plus en plus pâle.

Soudain, elle fit glisser sa chaise sur le côté, mais sans quitter l'écran des yeux. Conny et les autres la regardaient en silence.

— Qu'est-ce qui se passe, Jessica ? demanda Martin à son tour.

Il voulut s'approcher d'elle, mais Jessica se leva lentement. Son regard quitta l'écran et vint se fixer sur un autre objet, une photographie encadrée.

Les yeux de Jessica passaient sans arrêt de l'encadrement à l'image pornographique sur l'écran. La ressemblance était confondante.

Elle murmura un mot tout bas. Comme si ses amis n'existaient plus, elle se tourna et dit plus haut cette fois :

— Hanna !

Elle fit lentement demi-tour, comme en transe, et quitta la pièce en laissant la porte grande ouverte derrière elle. Martin interrogea ses deux amis du regard, mais eux non plus ne savaient pas quoi penser. Ils étaient très troublés par l'état de Jessica.

— Hanna ? demanda-t-il à mi-voix.

— Moi non plus, je ne sais pas, dit Conny en haussant les épaules.

Tout en parlant, elle regardait la photographie sur le bureau de Jessica. Elle fronça les sourcils en fixant l'image, puis examina à nouveau l'image sur l'écran. Elle sursauta alors violemment.

— Oh, mon Dieu, ce n'est pas possible ! dit-elle en portant sa main devant la bouche.

Jessica descendait l'escalier comme dans un rêve. En entrant dans le salon, elle vit une femme assise à une grande table près de ses parents.

En apercevant l'air hagard de Jessica, la jeune femme lui demanda, inquiète :

— Qu'est-ce que tu as, petite sœur ?

Sa mère, son père et sa sœur aînée se turent soudain et la regardèrent en silence. Ils pressentaient qu'un drame ancien faisait à nouveau irruption dans leur vie.

Soudain, Jessica se mit à avoir peur. Son attitude devint de plus en plus étrange, alors qu'elle s'approchait d'eux et fixait leur visage.

— Qu'est-ce qui est arrivé, Jessica ? demanda alors sa mère. Jessica la regarda d'un air angoissé.

— Hanna, dit-elle en chuchotant.

Chapitre 3

— ...et mon nom est Cusack, Inspecteur en chef. Nous sommes du FBI. Voici mon assistant, Marcel Erig, expert en informatique pour la police, dit l'homme de grande stature au teint hâlé.

L'expert, beaucoup plus petit, se contenta d'incliner la tête.

Erig, qui était un peu plus jeune que Cusack, tenait une grosse valise noire. Il montrait un visage un peu arrogant d'où pointaient deux yeux bruns perçants. Il était vêtu d'une veste bleu foncé, au dos de laquelle s'affichait un « FBI » en blanc. Tous deux, minces et musclés, donnaient l'impression d'être bien entraînés physiquement.

La sœur aînée de Jessica les mena à l'étage, vers la chambre de sa cadette. Celle-ci s'y trouvait en compagnie de ses amis, face à l'ordinateur contenant le fameux courriel.

Silencieux, leur père observait les officiers de police alors qu'ils grimpaient à l'étage. Il demeura dans le salon près de sa femme qui, encore sous l'emprise du choc, restait assise dans le sofa et semblait complètement absente.

Les deux agents du FBI entrèrent dans la chambre de Jessica. Assise sur sa chaise, elle continuait à regarder son écran. Elle semblait avoir repris quelque peu ses esprits.

La sœur aînée commença par présenter Jessica aux deux agents. Puis Cusack nota les noms de ses trois camarades d'école.

Ensuite, Jessica leur raconta comment elle avait reçu le courriel.

Erig, le plus jeune des deux agents, se dirigea immédiatement vers l'ordinateur de Jessica et déposa sa grosse valise par terre.

Il prit ensuite la souris de la main droite et cliqua plusieurs fois pendant que Jessica lui offrait une chaise restée libre.

Après l'avoir brièvement remerciée, Erig s'installa. Plusieurs images se succédèrent rapidement sur l'écran jusqu'à ce qu'il ait de nouveau téléchargé la photographie de l'enfant.

Jessica ne quittait pas des yeux les doigts d'Erig. Elle voulait comprendre exactement la moindre opération que cet homme accomplissait à l'aide de son ordinateur.

Cusack se tourna vers sa sœur :

— Vous êtes la fille aînée de la famille ?

— Oui. Je m'appelle Marlène, dit-elle.

Jessica se tourna dans sa direction.

— Hanna est ma sœur cadette, continua Marlène. Je n'avais que treize ans quand elle a été enlevée, il y a près de dix ans. La police n'a jamais retrouvé la moindre trace. Nous n'avons plus jamais reçu de signe de vie de sa part.

Beaucoup plus tard, alors que les agents du FBI avaient quitté la maison des Viner depuis longtemps, Jessica était couchée sur son lit dans l'obscurité. Les yeux fixés sur les murs, elle tentait de tirer la situation au clair.

Il faisait chaud cette nuit-là, et elle transpirait aux endroits les plus bizarres de son corps.

Mais probablement pour des raisons qui n'avaient rien à voir avec la chaleur.

À l'époque du drame, elle était bien trop jeune pour comprendre tout ce qui s'était passé avec Hanna. Mais plusieurs images faisaient irruption en elle. Des souvenirs de plus en plus nombreux remontaient dans sa mémoire. À ce moment, Jessica éprouvait le besoin urgent de les rassembler et de s'y accrocher désespérément.

Cette journée d'été-là aussi avait été étouffante. Ils habitaient alors un peu à l'extérieur de Bellingham, dans le comté de Whatcom, aux États-Unis. Tout juste âgée de onze ans, la petite Hanna promenait sa jeune sœur Jessica, âgée de quatre ans, dans une poussette. Elles se dirigeaient vers le centre commercial où les attendait leur mère.

La chaleur ruisselait du ciel et du sol fraîchement goudronné. Il était midi, il n'y avait pas un chat dehors. Quelques arbres en bordure de la route projetaient un peu d'ombre sur la surface scintillante de la rue déserte.

Jessica et Hanna se trouvaient sur le trottoir lorsque, soudain, une automobile noire s'était arrêtée doucement près d'elles. Au bout d'un moment, Jessica avait perçu derrière elle qu'on parlait à voix basse à sa sœur. Elle n'avait pas entendu ce que sa sœur avait répondu. Quand la voiture noire s'était éloignée, la poussette s'était mise soudain à dévaler le chemin en pente comme si plus personne ne la retenait.

Jessica s'était cramponnée à la poussette, du mieux qu'elle pouvait. Ensuite, il y avait eu ce tournant. La poussette, déséquilibrée, s'était renversée avec la petite fille.

Jessica se souvenait très bien du choc. Il avait été si violent ! Elle sentit se rallumer en elle la peur qu'elle avait alors éprouvée et qu'elle n'avait toujours pas réussi à digérer. Ce choc l'habitait encore profondément.

En larmes, Jessica rejeta sa couette sur le côté. Son corps était trempé, et des gouttes de sueur perlaient sur son front.

Chapitre 4

Jessica n'arrivait pas à dormir. Ses pensées étaient encore très confuses. Depuis trois nuits maintenant, elle n'avait pas éteint son ordinateur. Elle espérait secrètement que l'expéditeur lui ferait signe à nouveau... Mais elle n'avait encore rien reçu de lui.

Les policiers ayant établi le procès-verbal avaient dit à la famille Viner que l'expéditeur serait vraiment difficile à localiser et qu'il était très peu probable qu'il se manifeste à nouveau. Mais la police entendait continuer à suivre l'affaire et vérifier si la photographie correspondait bien à l'enfant disparue.

Pour Jessica comme pour le reste de la famille, il n'y avait aucun doute. C'était bien elle !

L'ordinateur signala par un bip qu'un courriel venait d'entrer. À cette heure-ci, en principe, tout le monde dormait. Jessica pensa que c'était peut-être l'expéditeur du fameux courriel qui se manifestait à nouveau.

Tout excitée, elle sauta de son lit pour aller s'installer devant son ordinateur. Elle retira rapidement la chaise, s'y assit et réactiva son écran. La lumière bleuâtre éclaira son visage.

En effet, un nouveau courriel était entré dans sa boîte. Elle voulut lire qui était l'expéditeur, mais l'adresse avait été effacée.

— Oui, je crois bien que c'est toi ! murmura-t-elle.

Jessica ouvrit le courriel et lut :

Allô Jessica ! As-tu reçu l'image ?
Si tu veux plus d'informations sur ta sœur, viens me rencontrer demain soir à 19 heures sur le clavardage *Bluebox* et connecte-toi sous le nom de « Hanna ». Mais viens seule ! Si tu tentes de m'avoir, ça s'arrêtera là, et tu ne sauras jamais ce qu'il est advenu de ta sœur !
Sois sur tes gardes, Jessica !
Un ami

Les mains de Jessica se mirent à trembler. Un long frisson glacé parcourut son dos. Elle inspira et expira profondément. Elle recula sur son siège pour jeter un coup d'œil à l'horloge qui se trouvait à côté de la photographie de sa sœur Hanna. Trois heures du matin. Jessica resserra le col de sa chemise de nuit trempée de sueur et regarda par la fenêtre.

À l'extérieur, le seul éclairage provenait des réverbères. Un vent puissant secouait leur hampe de fer, entraînant dans une danse les faisceaux lumineux.

Jessica saisit son téléphone portable près de son ordinateur et composa un numéro. À l'autre bout du fil, quelqu'un répondit.

— Martin, je dois te parler, murmura-t-elle comme si elle avait le sentiment d'être observée.

Tout d'un coup, elle avait très peur. Martin répondit d'une voix ensommeillée :

— ...Jessica... Qu'est-ce qui se passe ?

— S'il te plaît, viens chez moi. Je dois absolument te parler et je ne peux pas t'en dire plus au téléphone, répondit rapidement Jessica.

Cette fois, sa voix semblait un peu moins angoissée.

— Quoi, maintenant ? dit Martin éberlué. Est-ce que tu sais l'heure qu'il est ? Ça ne peut pas attendre jusqu'à demain ?

Jessica ne répondit pas et se tut quelques instants. Elle regarda de nouveau son écran où se trouvait toujours la lettre et relut encore les premières lignes.

Tout d'un coup, elle dit :

— O.K., tu as raison, ça peut attendre. À demain !

— Jessica, entendit-elle alors qu'elle raccrochait et se penchait à nouveau sur son ordinateur.

Elle relut tranquillement le reste du message, saisit sa souris et imprima le courriel.

Le lendemain matin, elle sortit tôt de la salle de bain. Ses parents et sa sœur Marlène semblaient tous dormir encore.

Elle alla se chercher du pain dans une armoire de la cuisine et s'habilla tout en mangeant. Comme d'habitude, elle opta pour des jeans, une chemise de couleur claire et une paire de chaussures confortables brunes.

Alors qu'elle bouclait sa ceinture, elle aperçut soudain sa sœur devant la porte de la cuisine.

— Es-tu malade ? questionna Marlène.

Jessica la regarda avec irritation.

— Non, pourquoi ?

Marlène entra dans la cuisine, vêtue de sa robe de chambre, et s'installa sur l'une des chaises à côté de la table. Elle observa Jessica occupée à boucler sa ceinture.

— Tu es déjà réveillée, expliqua Marlène.

Jessica la regarda à son tour.

— Depuis quand ça t'intéresse ?

Marlène haussa les épaules. Elle prit une orange dans la corbeille à fruits sur la table et commença à la peler. Jessica attendit qu'elle ait terminé.

— Marlène, je peux te demander quelque chose ?

Celle-ci la regarda brièvement. Elle coupa son fruit en deux et en tendit une moitié à Jessica.

— Évidemment, vas-y !

Jessica s'assit à table près d'elle et accepta le morceau d'orange que sa sœur lui offrait.

— Comment ça s'est passé, à l'époque, avec Hanna ? Je veux dire, quand les recherches ont été abandonnées.

Jessica coupa son morceau d'orange en deux et en enfourna une partie dans sa bouche.

— Je ne comprends pas très bien, articula Marlène entre deux bouchées.

— Bien, est-ce que la police n'a vraiment rien trouvé ? Aucune trace ?

Marlène cessa de manger et observa Jessica.

— Non. Pendant des années, la seule information que nous avons eue était qu'elle avait disparu sans laisser de trace. Au bout de cinq mois d'enquête, la police nous avait déjà dit de considérer qu'Hanna était tombée dans les mains d'un criminel et qu'elle avait probablement perdu la vie.

Jessica garda le silence.

— Toi, on a dû t'emmener à l'hôpital. Tu te souviens ? continua sa sœur.

Évidemment, qu'elle s'en souvenait !

— La police m'a demandé ce qui était arrivé. Mais je ne savais plus rien ! dit Jessica.

Marlène la regarda avec attention.

— Qu'est-ce qui se passe, Jessy ? demanda-t-elle.

Elle tendit la main et attrapa doucement son bras.

— Rien. Simplement, la nuit dernière, j'ai fait un rêve si réel, répondit Jessica avant d'enfourner son dernier morceau d'orange.

Marlène l'écoutait attentivement et ne la quittait pas des yeux.

— Pour la première fois, je voyais défiler toutes les images du moment où je me trouvais dans la poussette, poursuivit-elle.

— Qu'est-ce que tu veux dire ? questionna Marlène avec curiosité, espérant découvrir quelque chose.

— En fait, rien. Je n'ai rien vu. Et à cause de ça, je suis un peu énervée. Il faut que j'y aille. Merci.

Elle se leva et quitta la cuisine. Marlène la regarda partir. Elle mangea le reste de l'orange et continua à réfléchir.

Jessica remonta dans sa chambre et rassembla les affaires dont elle avait besoin pour l'école ce jour-là. Puis elle quitta la maison.

En route, elle réfléchit. Qui était la personne qui connaissait son adresse électronique et lui avait envoyé cette image ? Pourquoi cet ordre d'aller clavarder sur *Bluebox* sous le surnom d'Hanna ? Pourquoi elle ? Pourquoi Internet ? Qu'est-ce qui se tramait ?

Cette menace rédigée en toutes lettres par l'inconnu lui causait bien du souci : c'était clair, si elle parlait de cette histoire à quelqu'un, il cesserait toute communication.

Déroutée, elle regarda autour d'elle pour voir si quelqu'un l'observait ou se tenait près d'elle. Ne voyant personne, elle accéléra le pas pour ne pas arriver en retard.

À proximité de l'école, Martin la guettait derrière un buisson.

— Salut, Jessica ! lança-t-il en surgissant.

— Martin ! Mais pourquoi m'effraies-tu ainsi ? s'exclama-t-elle.

— Qu'est-ce que tu as à être si peureuse ? dit-il en la taquinant.

— Ah, je n'aime pas quand tu t'approches de cette manière ! répliqua Jessica plus tranquillement.

Elle tentait de réprimer sa propre nervosité et de ne rien laisser paraître. Martin se rapprocha d'elle et la regarda de côté. Ils se dirigèrent vers la cour de l'école.

— Qu'est-ce qu'il y avait de si urgent, hier soir, pour que tu me réveilles ? demanda-t-il.

— En fait, rien du tout, répondit-elle évasivement.

— M'enfin, Jessy !

— Non, vraiment !

Martin secoua la tête.

— Es-tu fâchée parce que je n'ai pas voulu te parler sur-le-champ ? Excuse-moi, Jessy, mais je...

Elle l'interrompit :

— Non, Martin, ce n'était rien d'important, je t'assure !

— Ce n'est pas ce qu'il me semblait hier...

Jessica s'immobilisa un instant.

— C'est ce que tu imagines, tu dormais. Laisse tomber maintenant !

Ils atteignirent la cour de l'école où quelques élèves bavardaient entre eux. D'autres entraient déjà dans le bâtiment.

Jessica prit de l'avance et poussa la porte. Martin la suivit.

Il était persuadé que quelque chose préoccupait son amie ce matin.

Chapitre 5

Cette journée n'en finissait plus. Jessica regardait fréquemment vers la fenêtre et réfléchissait. Elle avait bien un crayon en main, mais la feuille posée devant elle restait vide.

Elle ne prêtait qu'une oreille distraite aux professeurs qui se succédaient. Cependant, ils ne semblaient pas le remarquer, ce qui la réjouit particulièrement.

Elle pensait à sa sœur, tombée à coup sûr entre les mains de trafiquants pervers vivant de la pornographie. Il lui répugnait de savoir que des gens gagnaient leur vie en faisant le commerce d'enfants.

Jessica pensait qu'elle aussi aurait pu être enlevée alors qu'elle avait à peine quatre ans. Pourtant, ils n'avaient enlevé « que » sa sœur.

Pendant longtemps, elle-même et toute sa famille avaient cru qu'Hanna était morte.

À présent, après plus de onze ans, une image faisait son apparition dans Internet. Elle avait d'abord cru à un hasard. Jusqu'à ce que quelqu'un, et c'était certainement la même personne, reprenne contact avec elle par courriel après trois jours. Peut-être aussi s'agissait-il de plusieurs personnes ?

Jessica voulait savoir pourquoi ces personnes ne se manifestaient qu'aujourd'hui. Et de façon virtuelle ! Qu'est-ce qui se passait ? Existait-il réellement une piste menant à Hanna ? Était-elle encore en vie ? Était-ce vraiment possible ?

Le cœur de Jessica se mit à battre violemment. Elle envisagea de s'adresser à la police pour faire arrêter son mystérieux correspondant. Mais elle doutait que les policiers arrivent à localiser cet inconnu pendant la courte durée du clavardage. S'ils n'y arrivaient pas, elle risquait alors de ne plus jamais recevoir de nouvelles de sa sœur. Le risque était trop grand. Peut-être était-ce même un pur hasard si le message lui était parvenu !

Elle sentit soudain à quel point elle était proche de sa sœur Hanna. Une voix intérieure lui soufflait qu'elle ne devait en aucun cas gâcher cette piste. Elle prit donc tout naturellement la décision de suivre le conseil soufflé par cette voix.

Pourtant, elle se sentait désemparée et triste. Elle ne pouvait se confier à personne alors qu'elle avait tant besoin d'un conseil. Que devait-elle faire et comment allait-elle venir à bout de tout cela ?

Mêlée à sa perplexité, la colère emplit Jessica toute la journée. Il arriva plusieurs fois qu'elle repousse brutalement un camarade qui voulait lui parler.

On la laissa donc tranquille, même ses meilleurs amis se tinrent à l'écart.

Le soir était tombé. Dès son retour à la maison, Jessica gagna sa chambre et alluma son ordinateur. Ses mains étaient déjà toutes moites, alors qu'il lui fallait attendre au moins une heure encore avant que l'inconnu ne se manifeste. Elle était persuadée qu'il allait le faire et qu'il possédait d'autres informations.

Sinon, pourquoi prendre la peine d'envoyer un tel message au milieu de la nuit ?

— Alors, enfoiré, je veux savoir ce que tu as à me dire, murmura-t-elle.

Jessica se connecta à Internet, puis scruta avec attention l'écran encore sombre. Le contact ne se fit pas attendre longtemps.

À l'aide de sa souris, Jessica se rendit à la page du clavardage *Bluebox*. C'était un espace virtuel où l'on pouvait s'entretenir en temps réel à l'aide de son clavier. Il avait été spécialement conçu pour les ados. À cette heure de la journée, jusqu'à cinq cents jeunes pouvaient y être connectés.

Il y avait longtemps que Jessica considérait le site *Bluebox* comme n'étant plus de son âge. Elle préférait maintenant les sites de clavardage lui donnant accès à ses camarades et où elle était connue. C'est d'ailleurs là qu'elle rencontrait ses amis pirates informatiques.

Pour clavarder sur *Bluebox*, on n'avait pas besoin de s'identifier ni de s'enregistrer. Le ou les correspondants qui voulaient entrer en contact avec elle devaient donc s'y connaître en règlements d'Internet.

Elle indiqua « Hanna » comme nom d'entrée dans le réseau et tapa quelques mots pour dire bonjour.

L'image apparut, et les lignes qu'elle avait écrites se mirent à défiler en bordure de l'écran.

De cette façon, on pouvait s'entretenir avec ceux qui lisaient ces lignes et tapaient immédiatement leurs réponses dans leur ordinateur. Mais Jessica n'avait aucune envie de frayer davantage avec les autres. Elle préférait attendre. Après quelques minutes, elle regarda sa montre.

— J'ai encore toute une heure, murmura-t-elle.

Elle était agitée et finit par quitter sa chaise. Ses yeux erraient de l'ordinateur au bureau où se trouvait la photo d'Hanna insérée dans un cadre en argent. Peu après la disparition d'Hanna, Jessica l'avait placé sur son bureau et il n'en avait pas bougé depuis. Son regard s'arrêta longtemps sur la photo.

Elle avait mauvaise conscience.

— Oh Hanna, ma sœur, je t'aurais presque oubliée ! dit-elle tout bas.

Ses yeux étaient remplis de tristesse. On pouvait lire sur son visage à quel point sa sœur lui manquait. Et, en même temps, elle ressentait une sorte de culpabilité. Pour quelle raison ? Elle l'ignorait.

— Mon Dieu, je vous en prie, faites qu'elle vive encore. Je vous promets que je vais partir à sa recherche !

En bas, la sonnette de la porte retentit. À part Jessica, il n'y avait personne à la maison. Elle descendit ouvrir. Alors que la sonnerie avait déjà retenti trois fois déjà, Jessica ouvrit la porte. C'était Martin.

— Allô, Jessy !

— Qu'est-ce que tu fais ici ? demanda-t-elle étonnée de le voir.

Martin haussa légèrement les épaules.

— Je voudrais te parler !

— Martin, ça ne me convient pas maintenant, répondit-elle.

— Tu n'as pas confiance en moi ? Qu'est-ce qui ne va pas, Jessy ? Toi et moi, nous sommes toujours restés solidaires à travers tout ! insista Martin avec obstination.

Jessica reconnut que Martin ne la lâcherait pas tant qu'il ne saurait pas ce qui se passait. Elle le connaissait trop bien. Après avoir réfléchi, elle se rangea pour le laisser passer.

— Allez, entre.

Martin sourit en guise de remerciement, entra et passa devant Jessy. Il resta debout dans l'entrée, se tourna vers Jessica et attendit qu'elle ait refermé la porte.

— Monte avec moi, dit-elle d'un ton un peu brusque.

Elle passa devant lui et Martin la suivit. Dans la chambre de Jessica, Martin remarqua que l'ordinateur était allumé. Il ne dit rien, mais il eut un sombre pressentiment.

Jessica prit place devant son ordinateur et regarda Martin. Il s'installa sur l'autre chaise et lui rendit son regard.

— Alors, dis-moi. Qu'est-ce qui se passe, Jessica ? demanda-t-il finalement.

Jessica avait deviné qu'il allait lui poser cette question.

— Il s'agit d'Hanna ! dit-elle.

— Hanna ?

Martin fronça les sourcils.

— Ta sœur disparue ?

Jessica fit un signe affirmatif. Martin s'approcha d'elle.

— Non, tu n'as pas besoin de me consoler ! Mais...

Martin tressaillit à ces paroles.

— Comment vont tes parents ? demanda-t-il pour rester dans le sujet.

— Ma mère et mon père sont désemparés. Ils sont effondrés de chagrin depuis que l'image est apparue dans Internet. Heureusement, ma sœur Marlène s'occupe d'eux. J'ai très peur pour ma mère. Elle pleure sans arrêt, mon père n'en mène pas large non plus, soupira Jessica.

Il y eut un moment de silence. Ils se regardèrent dans les yeux.

— Tu sais, j'ai établi un contact avec la personne qui m'a envoyé cette image il y a quelques jours, lui dit soudainement Jessica.

Martin sursauta, puis il s'enfonça lentement dans sa chaise.

— As-tu déjà mis la police au courant ? demanda-t-il.

Jessica secoua négativement la tête.

— Cet inconnu a été très clair : il ne veut rencontrer personne en dehors de moi au clavardage de ce soir. Tu ne devrais même pas être assis ici avec moi. Lis ceci !

Jessica saisit sa souris et la fit glisser sur le tapis. Le courriel sauvegardé apparut de nouveau. Martin se pencha pour mieux voir.

— Qu'est-ce que tu en penses ? demanda Jessica.

Il la regarda et prit un air pensif.

— Je ne sais pas, dit-il. À ta place, je pense que je prendrais quand même contact avec la police.

Mais Jessica secoua négativement la tête.

— Il est déjà trop tard. En plus, si tout ça n'est pas une feinte, j'ai une chance d'en apprendre plus sur Hanna.

— Tu penses, après toutes ces années, que quelqu'un peut te transmettre des renseignements sur ta sœur disparue ?

Martin hochait la tête d'un air dubitatif.

— Et l'image ? répliqua Jessica.

Martin ne savait plus quoi répondre. Il se souvenait très bien de cette image qu'il trouvait maintenant répugnante.

— En tout cas, je trouve que ça vaut la peine de rencontrer ce gars dans Internet, argumenta Jessica. Je veux tout faire pour en savoir plus sur Hanna, tu comprends ça ?

Martin hésita et resta sans réponse.

— Je voudrais savoir si elle est encore en vie, murmura-t-elle, et des larmes se mirent à couler sur son visage.

Martin la regarda. Elle lui rendit son regard.

— Je comprends maintenant pourquoi tu étais si distante à l'école, dit finalement Martin. Je suis toujours là pour toi et je t'aiderai si je peux.

— Merci, Martin. J'ai peut-être justement besoin de ton aide.

Il hocha la tête.

— Il y a surtout une chose qui me fait peur, c'est que ce type ait mon adresse électronique, dit Jessica. J'aimerais bien savoir comment il l'a eue.

— Allons, on s'échange sans hésiter nos adresses à l'école. Ce qui me met mal à l'aise, quand je pense qu'il se trouvait peut-être à proximité de nous.

Il se redressa, se pencha en arrière et prit une profonde inspiration.

— Qu'est-ce qu'on dit aux autres ? demanda-t-il.

— On se tait et on ne raconte rien. Je veux d'abord explorer cette piste.

La voix de Jessica se faisait plus claire et plus ferme.

— Je vais nous chercher quelque chose à boire, dit-elle.

— D'accord, répondit Martin. En attendant, je vais jeter un coup d'œil sur l'écran.

Jessica accepta et regarda l'horloge. Elle indiquait dix-huit heures quarante-cinq.

— Encore un bon quart d'heure, dit Jessica tout bas, tout en descendant vers la cuisine.

Lorsqu'elle réapparut, elle portait un plateau avec deux verres et une bouteille de boisson gazeuse. Elle posa le plateau sur la table et remplit leur verre. Puis, elle s'installa de nouveau devant l'écran.

— Dis donc ! Regarde-moi ça ! À peine es-tu identifiée comme une fille sur ce site, qu'on t'envoie des propositions explicites, dit Jessica en tendant un verre à Martin. C'est pour ça que je n'utilise plus *Bluebox* depuis longtemps.

Elle prit la souris et ouvrit successivement plusieurs fenêtres virtuelles qu'elle referma après avoir survolé leur contenu.

En arrivant à la dernière qui portait le surnom de « Jack », elle fit une pause. Ses mains se mirent à trembler à la lecture du contenu. Elle inspira. Martin se redressa d'un coup.

— C'est lui ? demanda-t-il.

Elle fit un signe affirmatif.

Le texte disait :

Jack : C'est toi, Jessica ?
C'est moi qui t'ai envoyé l'image il y a quatre jours !

Jessica tremblait de tous ses membres. Martin devint alors très nerveux. Heureusement qu'ils n'étaient ni l'un ni l'autre le genre à perdre leur sang-froid dans des situations critiques.

— Merde ! C'est vraiment lui ! chuchota Jessica.

Elle se plaça devant le clavier et prépara sa réponse :

Hanna : Qui es-tu ?

Jack : Ça a pris du temps, Jessica !

Elle sursauta, ne s'attendant pas à une réponse si rapide.

Jack : Jessica, es-tu seule ?

— Je dois vite répondre avant qu'il remarque quelque chose, dit-elle à Martin.

Il approuva. Puis, elle se concentra de nouveau sur son écran. Elle s'empressa d'écrire :

Hanna : Oui, oui.

Jack : Bien !

Hanna : Qui es-tu ? Qu'en est-il de ma sœur ?

Jack : Patience, Jessica. Parlons d'abord du paiement. Je t'offre des informations sur ta sœur Hanna et, en échange, tu me donnes dix mille dollars.

— Il déraille ! dit Martin en regardant brièvement Jessica. Il n'a rien à offrir, à part quelques images.

Jessica ne réagissait pas, mais elle regardait l'écran en réfléchissant à ce qu'elle devait répondre à cette demande exorbitante. Mais déjà d'autres lignes se succédaient sur l'écran :

Jack : Alors, ça t'intéresse ? Sinon, je repars.

Hanna : Non, reste encore !

— Reste encore, murmura-t-elle, comme si ses paroles pouvaient arriver jusqu'aux oreilles de l'inconnu.

Jack : Alors, tu es encore là ?

Hanna : Oui, je suis encore là.

Jack : Fais-moi le plaisir d'écrire un peu plus vite, si tu veux revoir ta sœur un jour.

Hanna : Elle est encore en vie ?
Jack : Le fric ?

— Ce connard ! fulmina Martin.

— Tiens-toi tranquille ! cria Jessica.

Elle écrivit :

Hanna : Comment puis-je être sûre que tu as vraiment quelque chose à vendre ?

Jack : Ne joue pas à la femme d'affaires. Tu le sais grâce à l'image envoyée. J'ai encore beaucoup d'autres informations à te donner. Mais en échange, j'exige dix mille dollars. Alors, tu acceptes ou je dois m'en aller ?

Hanna : Non, ne t'en va pas s'il te plaît, je vais évidemment te donner le fric. Mais je viens seulement de te rencontrer. Qu'est-ce que j'ai comme garantie ? Comment savoir si tu dis la vérité ?

Jessica jeta un coup d'œil vers Martin. Il leva son pouce droit, signalant ainsi à Jessica qu'elle se débrouillait bien.

Ils se concentrèrent de nouveau sur l'écran. L'inconnu ne répondait rien pour l'instant. L'écran affichait toujours les mêmes lignes.

— Merde, il a arrêté ? demanda Martin.

Fébrilement, elle écrivit :

Hanna : Quel genre d'informations as-tu sur Hanna ?

Chaque fois qu'elle devait lire ou écrire le nom de sa sœur, elle ressentait comme une piqûre au cœur.

— Allez, reviens ! grommela-t-elle.

De nouvelles lignes apparurent.

Jack : Je te dirai...

Mais l'écran redevint muet. Jessica jurait tout bas. Deux minutes passèrent sans aucune réponse. Bientôt trois.

Jack : Je te dirai... si tu paies les dix mille dollars, où ta sœur a séjourné.

— Ça alors ! dit Jessica.

— Vraiment ? dit Martin. Laisse tomber, mec, si tu as de vraies informations, il faut en dire plus que ça.

— Tu dérailles ou quoi ? répliqua Jessica d'un air outré. Si j'écris une chose pareille, tu peux être sûr qu'il disparaît.

— Tu penses ? répondit Martin. C'est juste un pervers tombé par hasard sur ces photos. Il essaie maintenant de les monnayer pour financer toutes ses dettes.

Jessica le regarda avec colère.

— Et alors, Martin, c'est quand même lui qui a fait circuler cette photo jusqu'à nous, non ?

Martin l'admit.

— Et je veux découvrir d'où il tient ces images !

— Qu'est-ce que tu vas faire, Jessica ? Tu veux lui payer ces dix mille dollars ? Mais à quoi bon ? répliqua vivement Martin.

Du mouvement apparut sur l'écran.

Jack : Je te donnerai aussi les coordonnées et le lien vers la page Web où tu trouveras d'autres images. Je te le dis, tu me remercieras.

Hanna : Ma sœur vit encore ?

Jack : Tu sauras tout en apportant l'argent.

Hanna : Alors, comment procède-t-on maintenant ?

Jack : Laisse-moi encore te dire quelque chose : pas de police, pas un mot à personne ou alors tu ne sauras jamais ce qui est réellement arrivé.

Hanna : O.K., mais j'ai besoin de temps pour aller chercher l'argent à la banque.

Jack : Prends le train pour Seattle. Ce soir même, celui de vingt-trois heures. Tu arriveras demain à six heures trente. Tu auras le temps de déjeuner. À huit heures, tu iras à la banque et tu retireras l'argent à Seattle. Ensuite, tu iras dans le café Internet en face de la gare. Tu t'enregistreras en prenant le même nom que celui de ce soir. Tout le reste, je te le communiquerai dans Internet. Si tu arrives trop tard ou en compagnie de quelqu'un, si tu as averti la police, je disparaîtrai. Dans l'intérêt de ta sœur Hanna, ne m'arnaque pas, Jessica ! Respecte toutes les consignes. À demain, à Seattle.
Hanna : Attends !

Mais à peine avait-elle envoyé son dernier message qu'elle lut : Jack a quitté *Bluebox* à 19 h 23. Cela signifiait qu'il s'était déconnecté.

— Merde et merde ! cria Jessica en frappant du poing sur la table.

— Je pense qu'on devrait quand même avertir la police, dit Martin en se levant. Il s'étira.

— Non, je n'avertirai pas la police, répondit-elle. Et je vais aussi lui apporter l'argent.

— Quoi ? Tu as autant d'argent que ça dans ton compte ? demanda Martin, éberlué.

— Oui, j'ai reçu à peu près treize mille dollars de mes parents. Mais c'était pour payer mes études, répondit Jessica.

— Ouf ! Moi, je n'en ai que deux cents...

Martin s'assit sur le bord du lit et la regarda.

— Tu veux vraiment procéder comme ça ? redemanda-t-il.

Jessica pencha la tête.

— Oui, Martin, je dois découvrir si ce type dit la vérité. Mon intuition me dit que c'est oui. Je n'ai pas peur, en tout cas pas encore !

— Alors, je viens avec toi, dit Martin.

Jessica secoua la tête.

— Tu sais ce qu'il a écrit.

— Jessy, je voyage en train avec toi et je t'accompagne jusqu'à la gare de Seattle en restant à une bonne distance.

— Je dis non, Martin ! C'est clair ?

Son ton était devenu agressif. Ils se turent. Au bout d'un moment, Jessica promit :

— Je ferai attention à moi. Et tu sais que j'en suis capable.

Martin esquissa de nouveau un sourire.

— Tu ignores s'il travaille seul ou non. Tu ne connais pas ces gens.

— Martin, moi aussi, ça m'énerve. Mais j'ai un téléphone portable. Je sais dans quoi je m'embarque et je suis profondément convaincue que j'ai raison de tenter ma chance.

— J'ai simplement peur pour toi, murmura Martin.

— Évidemment, c'est très habile de sa part de m'envoyer à Seattle pour lui remettre l'argent, dit Jessica. Comme ça, je n'ai pas le temps de faire marche arrière et avertir la police. Cet inconnu semble vraiment à son affaire. Je ferai attention de ne pas commettre de bêtises, je te le promets !

Martin soupira.

— Je te comprends. Si c'était arrivé à ma sœur, je tenterais tout ce qui est possible et j'agirais comme toi.

Jessica se leva et s'avança vers lui. Elle s'assit près de lui et posa ses bras autour de son cou. Puis, elle lui donna un baiser sur la joue.

— Merci, cher ami. Mais, en fait, j'ai couru tout un risque avec toi ce soir, non ?

Elle relâcha son étreinte et appuya son coude sur son genou.

— Je donnerais ma vie pour découvrir ce qu'il est advenu d'Hanna...

Le regard de Jessica se posa sur l'ordinateur dont l'écran affichait encore les dernières lignes de Jack, puis sur la photo d'Hanna.

— Je donnerais ma vie, répéta-t-elle.

Chapitre 6

Martin insista de nouveau pour accompagner Jessica à la gare, mais elle refusa. Si sa mère remarquait qu'elle n'était pas dans sa chambre, il devait lui dire qu'elle était chez lui et qu'elle dormait là.

Ils décidèrent également qu'au cas où il n'aurait toujours pas de nouvelles de Jessica à quatorze heures le lendemain, il irait à la police pour tout leur raconter.

Jessica descendit de l'autobus. Elle portait un sac à dos de sport dans lequel elle avait glissé quelques vêtements, quelques articles de toilette, ses papiers d'identité, de l'argent liquide et, surtout, sa carte de crédit.

Arrivée à la gare, elle se dirigea vers un guichet pour y acheter un billet aller-retour pour Seattle. Elle se renseigna sur le numéro de quai ainsi que l'heure exacte de départ et d'arrivée du train. Le préposé à la vente lui répondit volontiers. Jessica fouilla dans son sac à dos à la recherche de son porte-monnaie et paya le montant demandé. Puis elle s'éloigna du guichet et longea les voies ferrées.

C'était une petite gare. L'obscurité était déjà tombée et la nuit s'annonçait encore chaude. D'étranges silhouettes flânaient sur les voies à cette heure.

Plusieurs trains attendaient en gare. Jessica regarda l'heure. Son train allait arriver dans vingt minutes. Elle était très agitée, elle avait peur de rater son projet. Elle devait absolument rencontrer ce « Jack » d'Internet et entendre ce qu'il avait à dire sur Hanna. Disposait-il vraiment d'informations sur sa sœur ? Était-elle encore en vie ?

Ça, c'était probablement la question la plus importante, selon Jessica.

Le vent qui soufflait sur le quai balaya le sol et secoua les cheveux blonds courts de Jessica. Elle regardait loin devant elle sans but précis. Seule l'arrivée d'autres voyageurs près de la voie la fit se ressaisir. Elle regarda autour d'elle. Une dizaine de personnes se trouvaient déjà sur le quai et attendaient le train qui devait bientôt entrer en gare. Certains avaient de grosses valises, d'autres, uniquement un ordinateur portable.

Jessica jeta un nouveau coup d'œil sur l'horloge. Où allait-elle rencontrer ce « Jack » ? Était-il quelque part dans la gare en train de l'observer ?

Mais Jessica ne voyait aucun individu susceptible d'attirer son attention ou occupé à la fixer. Les autres voyageurs lisaient un journal ou étaient plongés dans leurs pensées. La plupart semblaient fatigués.

Un haut-parleur annonça l'arrivée imminente du train. Les voyageurs s'emparèrent de leur valise et se placèrent sur l'embarcadère comme si chacun voulait être le premier à y monter.

Sans rien en laisser paraître, Jessica méditait sur les gens soi-disant « normaux » et sur ce qui était considéré comme normal par la société. Il y avait longtemps qu'elle-même et sa famille ne ressentaient plus rien comme normal.

Le train entra en vrombissant. Il était blanc et d'un modèle récent. Quelques secondes plus tard, il s'immobilisa et les portes s'ouvrirent automatiquement. Les autres voyageurs se bousculaient devant Jessica.

Ça lui était égal. Les circonstances de ce voyage étaient si inhabituelles qu'elle n'en était plus à quelques détails près.

Elle grimpa la petite marche pour entrer dans le train et chercha une place libre. Les compartiments étaient étonnamment peu remplis. Certains étaient même vides. Jessica pénétra dans l'un d'eux.

Elle s'assit près de la fenêtre, posa son sac à dos sous son siège et se prépara au long trajet.

Une femme, un peu plus âgée qu'elle, entra à son tour. Après avoir refermé la porte coulissante derrière elle, elle rangea sa petite valise dans le compartiment à bagages. Elle s'installa ensuite en face de Jessica.

Elle regarda brièvement Jessica, en lui faisant un signe aimable. Jessica lui rendit son salut. La femme avait un teint hâlé et des yeux foncés en forme d'amande. Ses longs cheveux noirs tombaient sur ses épaules. Elle portait un imperméable de couleur sombre qu'elle retira et accrocha à une patère à côté de son siège.

Jessica la trouvait séduisante. Elle estima qu'elle devait avoir environ vingt ans.

Le train s'ébranla alors et commença à rouler. Le voyage en direction de Seattle commençait.

La jeune femme se leva de nouveau pour prendre sa valise. Elle l'ouvrit et en retira quelques journaux qu'elle plaça sur la petite table près de la fenêtre.

Les gros titres sur les premières pages indiquèrent à Jessica que la femme parlait anglais. La femme reprit sa place, regarda de nouveau Jessica et lui sourit.

Jessica lui rendit son sourire.

— Voulez-vous lire quelque chose ? demanda soudain la femme.

Surprise, Jessica refusa.

— Pas pour le moment, merci, répondit-elle poliment.

La femme se soumit et la laissa tranquille. Le train prenait de plus en plus de vitesse. Jessica regardait à travers la fenêtre et contemplait la nuit. Elle réfléchissait.

Peu de temps après, le contrôleur arriva et demanda aux voyageuses leur billet. Les deux femmes se saisirent de leur sac, à la recherche de leur porte-monnaie.

Le contrôleur donna un coup de poinçon à chacun des billets et leur souhaita un bon voyage. Lorsqu'il referma la porte coulissante, elles remirent leur billet en place.

— Je vais à Seattle, et vous ? demanda la femme asiatique.

— J'y vais également, répondit Jessica.

— Parfait, je ne serai donc pas toute seule. D'habitude, je n'aime pas voyager en train à cette heure-ci.

— Je comprends, dit Jessica en regardant à nouveau par la fenêtre.

Cela ne sembla guère troubler la femme qui reprit son journal et se mit à le feuilleter.

Le train avançait rapidement filant à travers la nuit. Jessica appuya son front contre la vitre froide. Une fatigue bienfaisante l'emplissait peu à peu. La tension de la journée se faisait sentir.

Elle ferma les yeux. De temps à autre, elle les entrouvrait en direction de sa compagne de voyage plongée dans son journal. Jessica essayait de dormir, mais ses pensées la ramenaient sans cesse vers Hanna. Le visage de sa sœur semblait flotter dehors dans le ciel nocturne.

Puis, Jessica sombra dans un demi-sommeil et commença à rêver. Comme toujours, la même scène revint dans son rêve : la petite Jessica dans la voiture d'enfant poussée par Hanna, l'automobile, la rue, la poussette qui se renversait sur elle.

Le train poursuivit sa course à la rencontre de l'aube.

Chapitre 7

Seattle.

Jessica et la jeune femme avaient dormi pendant presque tout le trajet. Elles étirèrent leurs jambes sous leur siège. Un haut-parleur annonça alors que le train entrerait en gare dans quelques minutes. Elles se levèrent et préparèrent leurs affaires.

Le train ralentit sa course. À six heures trente exactement, il entra dans la gare. Les deux femmes quittèrent leur compartiment et se suivirent dans le couloir, Jessica devant. Lorsque le train s'immobilisa, elle ouvrit les portes et elles descendirent du train l'une après l'autre.

— Au revoir, je vous souhaite une belle journée ! dit la femme à Jessica.

— Merci, à vous aussi, répondit-elle poliment.

Elle passa sa main dans sa courte tignasse blonde et regarda la femme en imperméable s'en aller. Bien qu'elles n'aient échangé que quelques mots, elle repensait à tout ce trajet qu'elles avaient fait ensemble. Comme personne d'autre n'était venu s'asseoir dans leur compartiment, elles étaient restées entre elles durant tout le voyage. Jessica se sentait donc un peu liée à elle. Cela lui avait fait du bien de ne pas être seule pendant tout ce temps.

Elle regarda autour d'elle. C'était la première fois qu'elle venait à Seattle. Elle avait projeté d'aller dans cette ville plus tard, pour ses études. Il s'y passait déjà beaucoup de choses si tôt dans la journée.

Les quais étaient remplis de navetteurs qui attendaient leur train. La gare était immense. Se déployant au-dessus de leur tête, le toit laissait entrer les premiers rayons de soleil. Une coupole en verre protégeait les voyageurs des intempéries. De nombreux pigeons volaient à travers le hall immense. Jessica était impressionnée. Mais elle n'oubliait pas qu'elle était là pour une raison particulière.

Elle regarda sa montre : six heures trente-six.

Les banques n'ouvrent qu'à huit heures, murmura-t-elle pour elle-même. Puis elle remit son sac sur son dos et longea le quai, ce qui l'entraîna au cœur de la gare. Beaucoup de restaurants et de cafétérias étaient déjà ouverts. Elle porta son choix sur un libre-service et alla se chercher un chocolat chaud et un croissant. Elle paya à la caisse et se dirigea vers l'une des tables encore libres à cette heure matinale.

Jessica tira vers elle une chaise métallique et s'installa. Elle mordit avec appétit dans son croissant et but une gorgée de son chocolat chaud.

Pour passer le temps, elle s'amusa à observer les gens. Il lui arrivait souvent de regarder sa montre. À huit heures, Jessica attendait devant une banque située juste à côté de la gare. Elle avait déjà repéré le café Internet où elle devait se rendre ensuite. Il était exactement à l'endroit indiqué par « Jack».

Le système de sécurité des portes de la banque se déverrouilla à l'heure précise. Jessica se présentait comme la première cliente.

Elle se trouvait dans un gratte-ciel moderne et leva la tête pour regarder le haut plafond de la salle des guichets. Les employés étaient installés à leur poste. Ils avaient tous un aspect très soigné et étaient vêtus avec élégance.

Jessica choisit une employée et s'approcha du guichet. Elle prit ses papiers d'identité et sa carte de crédit et les tendit à la femme. Celle-ci introduisit la carte dans son ordinateur et en contrôla la validité.

À la même heure, Martin se trouvait dans la cour de récréation. Flânant avec ses camarades en attendant que les cours commencent, toutes ses pensées allaient vers son amie Jessica.

L'agent Erig entra dans la cour. Martin le vit arriver et le reconnut immédiatement. Après l'épisode de la photographie sur Internet, Erig avait interrogé Jessica et ses amis et recherché d'éventuelles traces dans l'ordinateur de Jessica.

L'agent de police s'avança vers Martin qu'il avait repéré dans la cour. Martin ne voulait pas faire d'histoires, il se leva donc et attendit l'homme en civil. Nicolas, Conny et quelques autres camarades se rapprochèrent de Martin, curieux de savoir ce que cet homme faisait à l'école.

— Salut, mon garçon, dit Erig en s'arrêtant devant le jeune garçon.

Celui-ci le salua, un peu intimidé.

— Peux-tu me dire où se trouve mademoiselle Viner ? demanda Erig.

Martin haussa les épaules.

— Non, elle n'est pas encore arrivée.

— Bizarre, sa mère m'a dit qu'elle avait dormi chez toi.

Martin répéta qu'elle n'était pas encore arrivée et ajouta qu'elle était retournée chez elle. Elle avait dû oublier quelque chose.

L'agent le regarda avec insistance et le remercia.

— Bon, alors, j'y retourne.

Martin lui fit un signe de la tête.

— Si je peux vous aider, dites-le-moi. Vous savez où me trouver ! glissa-t-il en souriant.

Erig se retourna brièvement et lui rendit son sourire.

— Pas pour le moment, merci.

Puis il jeta un bref coup d'œil en direction du ciel et s'en alla. Quelques nuages l'encombraient.

Pendant que Jessica tenait les dix mille dollars et glissait les liasses dans une enveloppe, l'employée n'arrêtait pas de la regarder.

La jeune fille était consciente de s'être fait remarquer en venant chercher un montant aussi important à huit heures du matin.

La banque avait dûment contrôlé si elle avait le droit de disposer de ce compte. Mais cela ne la dérangeait pas outre mesure.

Le café Internet se trouvait de l'autre côté de la gare. Elle voulait s'y rendre par le chemin le plus court.

Après avoir placé l'enveloppe tout au fond de son sac, elle remit celui-ci sur son dos. D'un pas rapide, elle parcourut le hall de la gare.

De l'autre côté, il lui fallait traverser une avenue très fréquentée. Heureusement, il y avait un passage souterrain.

Jessica remonta l'escalier de marbre et se retrouva devant un café où un panneau indiquait « Internet C ».

Son cœur battait fort. Elle s'immobilisa devant la porte d'entrée et regarda à travers la vitre. Il n'y avait que quelques clients installés devant un ordinateur, déjà occupés à surfer à cette heure matinale. Jessica essaya de voir si quelqu'un était en train de l'observer et finit par entrer dans le café presque désert.

Ses mains devinrent moites lorsque la porte claqua derrière elle. Le tenancier du café était occupé à remplir sa réserve de bouteilles. Il la regarda d'un air interrogateur, sans interrompre son travail.

— Puis-je avoir un chocolat chaud ? demanda Jessica.

Il se contenta de hocher la tête et grogna quelque chose. Jessica attendit au comptoir qu'il la serve. Après avoir payé, elle prit la tasse et s'installa à l'une des places libres. Les ordinateurs étaient tous allumés et déjà connectés à Internet. Sans prendre la peine d'utiliser la cuiller, Jessica avala bruyamment le liquide brûlant. Puis, elle rapprocha sa chaise de la table et se mit à taper sur le clavier.

En cliquant rapidement avec la souris sur l'écran, elle se connecta au clavardage *Bluebox* sous le pseudonyme de « Hanna » et attendit.

Le tenancier jetait de temps en temps un coup d'œil dans sa direction, mais sans insister. Moins d'une minute plus tard, « Jack » se présenta en ligne.

Jack : Allô, Jessica !

Hanna : Oui, « Jack » ?

Jack : As-tu l'argent ?
Hanna : Oui, mais quelles informations vais-je recevoir en échange ?
Jack : Tu vas recevoir des renseignements importants sur ta sœur.
Hanna : Tu veux dire qu'elle est encore vivante ?
Jack : Sors du café et remonte la rue. Après environ un quart d'heure, tu arriveras à un parc. Entre et assieds-toi sur un banc. Là, tu auras toutes les informations sur ta sœur disparue, je te le promets. Je me ferai reconnaître. Tiens l'argent prêt.

Jessica tapa encore une question. Mais, tandis qu'elle écrivait, elle constata que l'inconnu s'était déconnecté.

— Merde ! jura-t-elle tout bas.

Le tenancier sembla l'avoir entendue, mais il la regarda sans faire de remarque. Jessica se leva, mit son sac à dos sur son épaule et quitta le café.

Elle n'avait pas terminé son chocolat chaud, car l'appétit n'y était plus. La nervosité la gagnait. Dans un parc. Pourquoi un parc ? se demandait-elle inlassablement.

Mais elle voulait absolument découvrir si cette personne avait vraiment des informations à lui donner sur sa sœur chérie. Cette question la hantait. Le besoin d'y répondre n'avait encore jamais été aussi pressant. Jessica ne se le pardonnerait jamais si elle laissait passer cette chance presque incroyable. En son for intérieur, elle sentait que Dieu lui parlait et lui disait : vas-y, je te protège. D'une certaine manière, elle avait confiance en cet inconnu appelé « Jack ». Car, il s'était déjà donné beaucoup de mal pour entrer en contact avec elle. Évidemment, dix mille dollars, c'était beaucoup d'argent. Mais il aurait pu exiger davantage, surtout qu'elle était prête à donner n'importe quoi pour en apprendre plus sur Hanna.

Jessica était fermement décidée à se rendre dans le parc. Elle suivit les indications de « Jack » et vit bientôt apparaître les premiers panneaux indiquant la direction du parc.

Les rues de Seattle étaient très fréquentées ; les gaz d'échappement propageaient une désagréable odeur de soufre. Un vent tiède souleva les cheveux de Jessica. Elle avait le pressentiment que sa sœur Hanna était encore en vie. Si cet inconnu avait vraiment des choses pour elle, les découvrir en suivant cette piste valait bien tout l'argent qu'elle avait.

Alors qu'une étrange assurance la gagnait peu à peu, elle éprouva un sentiment qu'elle croyait avoir presque oublié, l'espoir.

Elle accéléra légèrement le pas. Le parc ne se trouvait plus qu'à dix petites minutes, selon son estimation.

Jessica s'immobilisa devant l'entrée du parc. Le portail était ouvert. Pendant quelques secondes, elle inspira et expira. Son cœur battait à tout rompre.

— Pourvu que je ne me trompe pas, se dit-elle tout bas.

Puis elle pénétra dans le parc par le portail. Elle suivit un chemin étroit bordé d'arbres et de buissons épais. Plus elle s'enfonçait, plus le bruit de la rue s'assourdissait.

Elle se dit que c'était-là qu'elle allait bientôt rencontrer « Jack ». Jessica tourna sa tête dans toutes les directions. Il était peut-être déjà là ? À moins que ce ne soit plusieurs personnes qui se cachent derrière le nom de « Jack » ?

Elle n'avait pas du tout pensé à cette possibilité. Imprudence totale, aurait dit Martin. Elle espérait simplement survivre à la suite des événements.

Le sentier étroit à travers les buissons débouchait sur un chemin plus large qui menait au milieu du parc. On y apercevait un petit étang où nageaient quelques canards et d'autres oiseaux aquatiques.

L'autre côté de l'étang était bordé de nombreux bancs inoccupés. De son côté, il n'y avait personne non plus, sauf elle-même et, bientôt sans doute, l'inconnu.

Cela rendait la situation encore plus inquiétante ; elle commença peu à peu à douter de son projet. Elle s'approcha du bord de l'eau et attendit.

— J'ai raison d'être ici, se répétait-elle inlassablement.

Mais elle ne voyait personne se diriger vers elle ; en fait, à première vue, il n'y avait pas une âme dans tout le parc.

Soudain, elle entendit un bruit bizarre, un raclement. Ce n'était qu'un vieil homme chargé de l'entretien du parc qui nettoyait les allées avec un râteau. Il lui tournait le dos.

— Ce n'est pas « Jack », se dit Jessica.

Elle attendit encore dix minutes. L'homme disparut au milieu des buissons, traînant son petit chariot rempli de déchets. Elle regarda vers l'étang et observa les oiseaux en train de se battre pour leur territoire.

Tout à coup, elle sursauta.

Elle entendit des pas sur le gravier se rapprocher derrière elle et se retourna. Une femme en imperméable avançait dans sa direction.

— La femme du train ! pensa-t-elle d'abord.

Une seule différence : cette femme portait des lunettes noires. Jessica regarda autour d'elle, il n'y avait personne d'autre aux alentours.

Troublée, elle demanda :

— Mais que faites-vous ici ?

La femme s'immobilisa à deux mètres de Jessica, ôta ses lunettes et les glissa dans une des poches de son imperméable.

— Je suis Jack, dit-elle doucement, mais distinctement.

Jessica avala sa salive.

— Vous ? murmura-t-elle. Mais...

— Où est l'argent ? demanda la femme.

— Je l'ai ici, répondit Jessica.

— Alors, allons nous asseoir là sur ce banc, dit la femme.

Elle agissait avec beaucoup d'assurance et avait visiblement bien préparé son coup. La femme prit place et attendit Jessica.

Elle obéit, mais ne comprenait plus rien à présent. Elle imita la femme et s'installa sur le banc à une légère distance. Puis, la femme tendit sa main :

— L'argent ?

Jessica enleva son sac à dos et l'ouvrit. Au moment de sortir l'enveloppe qui contenait les dix mille dollars, elle hésita.

La femme savait exactement quoi faire. Elle fouilla dans une poche de son imperméable et en sortit deux petites enveloppes blanches.

Lorsque la femme les lui tendit, Jessica les prit et lui donna aussitôt l'enveloppe avec l'argent. Sa nervosité se dissipait peu à peu.

Elles se regardèrent. La femme ouvrit l'enveloppe et en examina brièvement le contenu. Puis, elle la replaça dans son sac.

— Dans ces deux enveloppes, il y a des photos de ta sœur, commença-t-elle à expliquer. Il y a là suffisamment d'informations que tu peux transmettre à la police et avec lesquelles elle pourra peut-être faire quelque chose.

Jessica ouvrit la première enveloppe, un tas de photos en tombèrent.

Subitement, la femme plongea sous le banc et attrapa la cheville droite de Jessica qui sentit quelque chose de dur sur le tissu de ses jeans.

— Hé ! C'est quoi ?

Elle voulut bondir, mais il était déjà trop tard. Sa cheville était enfermée dans des menottes dont une extrémité était rattachée à la tige métallique du banc.

— C'est pour t'empêcher de me suivre, expliqua la femme. La clé, je te la donnerai après.

Jessica était confuse et à la fois soulagée que « Jack » soit cette femme-là. S'il avait été un homme ou plusieurs hommes, elle aurait eu beaucoup plus peur.

— Tu es seule ? demanda finalement Jessica.

La femme ne dit rien. Jessica examina les premières photos et y reconnut sa grande sœur. Pendant un moment, elle ferma les yeux. Des larmes jaillirent de ses paupières.

— D'où les tiens-tu ? demanda Jessica, en regardant de nouveau les photos. Comment les as-tu obtenues ?

La femme esquiva la réponse :

— Dans l'autre enveloppe, il y a quelques journaux et les images qui s'y trouvent ne sont pas faites pour les âmes trop sensibles, précisa-t-elle.

Jessica s'empressa d'ouvrir la seconde enveloppe. Elle fut prise de sanglots. Jusqu'ici, elle n'avait pas eu la moindre idée de tout ce que sa sœur avait dû subir.

— On gagne de l'argent avec des images aussi obscènes ? Ces salauds ! put-elle seulement articuler. Mon Dieu...

Jessica laissa tomber les photos sur ses genoux et tenta de se ressaisir. Elle mit ses mains sur son visage et essuya les larmes avec ses paumes.

À ce moment-là, la femme nommée « Jack » se leva pour partir. Jessica voulut aussi se lever, mais retomba immédiatement sur le banc. Elle avait oublié qu'elle était attachée.

— Où veux-tu aller ? cria-t-elle. J'ai encore tellement de choses à te demander !

La femme s'arrêta et se retourna :

— Tu as obtenu ce que tu voulais, et moi aussi. Nous ne nous reverrons plus.

— Je veux savoir si Hanna est encore en vie ! implora-t-elle alors que la femme se préparait de nouveau à partir.

« Jack » fouilla dans la poche de son imperméable et en retira un objet. Elle fit pivoter sa main, l'ouvrit et laissa tomber une petite clé. C'était la clé des menottes.

— Attends, je... essaya de nouveau Jessica.

Cela n'avait aucun sens de s'égosiller davantage. La femme ne faisait pas mine de revenir ni de parler à Jessica. Pour elle, le sujet était clos.

— Maudite femme ! jura Jessica à mi-voix.

Elle tenta de se libérer, mais n'y arrivait pas. Elle regarda aux alentours, à la recherche d'un objet dur. Car la clé était trop loin. Il pouvait se passer des heures avant que quelqu'un passe par-là. Et Jessica voulait absolument suivre la femme.

À portée de sa main, elle vit quelques pierres lourdes qui formaient une sorte de petit mur au bord du chemin. Se penchant le plus loin possible vers l'avant, elle en saisit deux l'une après l'autre. Elle plaça l'une d'entre elle sous l'étroite chaîne métallique qui rattachait sa cheville au pied du banc et souleva l'autre.

Les enveloppes qui étaient sur le banc tombèrent par terre. De l'une d'elles, sortaient les coins de quelques photographies.

Faisant appel à toutes ses forces, Jessica leva son bras très haut et se mit à cogner sur la chaîne à l'aide de la seconde pierre. Après avoir frappé ainsi plusieurs fois rapidement, elle commença à transpirer. La trace des coups de plus en plus appuyés commença à apparaître sur la chaîne.

— Tu ne m'auras pas ! cria-t-elle en haletant.

Elle frappa de plus en plus fort jusqu'à ce que la chaîne se casse en deux. La partie la plus longue resta accrochée au pied arrondi du banc.

Jessica se précipita pour ramasser la clé et détacha fébrilement la partie de la chaîne encore fixée à sa cheville. Puis elle courut vers le banc et ramassa son sac à dos. Elle glissa les enveloppes dans la poche extérieure, hissa le sac sur son dos et examina les alentours.

Mais le paysage avait englouti toutes traces de « Jack ».

Chapitre 8

Jessica s'engagea en courant dans la direction prise par la femme. Elle suivit ce chemin jusqu'à ce qu'elle aboutisse à une autre sortie du parc.

Au fur et à mesure qu'elle laissait derrière elle les arbres et les buissons et qu'elle quittait la zone du parc, le bruit s'accroissait. Elle était de nouveau sur une voie très fréquentée. Mais il n'y avait toujours pas le moindre signe de la femme. Elle semblait avoir complètement disparu.

Jessica s'arrêta brièvement et tenta de s'orienter. Tout à coup, elle aperçut en face un café Internet. Ce détail éveilla ses soupçons.

— Tiens, tiens ! C'est là que tu t'es connectée ce matin, murmura-t-elle en continuant à suivre la rue.

La rue croisait une autre artère principale qu'on traversait en empruntant un passage souterrain. Jessica dévala à toute vitesse les larges escaliers de pierre en esquivant les quelques piétons allant en sens inverse et continua à courir. Elle ne désespérait pas encore de rattraper « Jack ».

Soudain, elle l'aperçut en train de remonter les marches de l'autre côté du passage souterrain.

Jessica courut derrière elle, puis s'immobilisa un moment au pied de l'escalier. « Jack » avait déjà atteint la dernière marche et poursuivait son chemin tranquillement. Elle n'avait visiblement pas prévu que Jessica pourrait se libérer si vite.

Avait-elle l'intention de rencontrer quelqu'un d'autre ? Quelqu'un l'attendait-elle ? Plusieurs personnes, peut-être ?... Pour en avoir le cœur net, Jessica décida de ne pas l'aborder, mais plutôt de la suivre.

Lorsque la femme eut parcouru encore quelques mètres, Jessica courut en haut de l'escalier et la suivit à une distance raisonnable.

« Jack » gardait son imperméable ouvert et déambulait sans hâte dans la rue. Elle passa devant plusieurs magasins, mais rien ne semblait intéresser et elle n'accorda de regard à aucune vitrine.

Après un bon quart d'heure, la femme et Jessica se retrouvèrent en dehors du centre-ville. Elles étaient dans un quartier d'immeubles en béton, depuis lesquels on apercevait le cœur de la ville.

La femme ne s'était toujours pas rendu compte de la présence de Jessica. Elle se dirigea vers le premier bloc d'habitations. Jessica se cacha derrière une voiture stationnée au bord de la rue.

Elle regarda autour d'elle. Quelques rares arbres poussaient entre les maisons, fortement attaqués par les gaz d'échappement qui empoisonnaient l'air ambiant. Les murs gris des immeubles étaient couverts de graffitis. En de nombreux endroits, le crépi était abîmé. Les façades étaient percées de fenêtres petites et étroites, pour la plupart recouvertes d'une épaisse couche de poussière. Devant les maisons, les poubelles débordaient et le vent poussait au loin quantité de papiers et de boîtes de conserve vides.

« Jack » se dirigea vers une porte vitrée et sortit une clé de la poche de son imperméable pour l'ouvrir. Jessica se rapprocha un peu en prenant soin de rester cachée par les voitures.

La femme entra sans prendre la peine de refermer la porte derrière elle. Jessica bondit et arriva juste à temps pour bloquer la porte et l'empêcher de se refermer.

Elle respira un bon coup, puis entra dans le couloir. La femme avait déjà disparu.

Jessica resta tranquillement sur place. Elle entendit un bruit de talons plus haut dans l'escalier. C'était le signe que « Jack » n'avait pas encore disparu dans l'un des nombreux appartements. Pas encore. Elle compta mentalement le nombre de marches.

Au bout d'un moment, elle perçut le bruit d'une clé qu'on tournait dans une serrure.

— C'est elle ! murmura Jessica.

Elle s'approcha de la cage d'escalier, regarda vers le haut dans l'espoir de repérer quelque chose. Mais elle ne vit personne.

La porte se referma. Jessica gravit lentement les marches. Si elle ne s'était pas trompée, c'était le quatrième étage. Elle devait essayer. Puis elle courut en haut de l'escalier. À la dernière marche, elle dut s'arrêter pour reprendre son souffle. Son cœur battait.

Elle pensa soudain qu'elle courait peut-être un grand danger, mais cette alarme ne dura qu'un instant. Car les images de sa sœur disparue défilèrent de nouveau devant ses yeux. Elle avait enfin une piste qu'elle ne pouvait pas laisser échapper. Elle retrouva le courage qui l'avait menée jusque-là.

L'étage comportait huit appartements. Lequel était-ce ? Jessica ferma un instant les yeux, cherchant la réponse en elle-même. Lorsqu'elle les ouvrit à nouveau, elle se dirigea vers la deuxième porte à droite. Elle s'en approcha, y colla prudemment son oreille et écouta.

Derrière, elle entendit du remue-ménage. Le bruit assourdi de talons, un léger bruit de ferraille comme si quelqu'un déposait une clé sur une surface métallique.

Ce détail convainquit Jessica qu'elle ne s'était pas trompée. Elle était sûre d'avoir trouvé la femme. Elle réfléchit un moment, puis s'écarta de la porte.

— C'est à la police de jouer, maintenant, se dit-elle.

C'est ce qu'elle avait à faire de plus intelligent, avertir le FBI. Elle nota le nom « Summer » indiqué sur la porte, tourna les talons et regagna l'escalier.

Elle descendit lentement. Arrivée devant la porte vitrée, elle enleva son sac de ses épaules et sortit son portable. Elle composa le numéro de son ami Martin et attendit.

Elle regarda sa montre. À l'école, c'était l'heure de la récréation. Elle pouvait donc l'atteindre sans problème.

— Martin, dit une voix à l'autre bout du fil.

— Allô ! Je veux juste te dire que tout s'est bien passé jusqu'ici, chuchota-t-elle.

Sa voix résonnait dans le couloir et elle ne voulait surtout pas attirer l'attention.

— Jessica... La police est venue ici pour te demander quelque chose !

— Martin ! Je vais tout de suite à la police pour les avertir. Je sais où elle habite.

— Quoi ? Tu sais où... qui habite ? C'est qui, elle ?

— Je t'expliquerai tout plus tard. Je voulais juste te dire que j'allais bien.

Elle s'interrompit. Dehors, juste devant la porte, une automobile bleu foncé venait de stationner sur le trottoir. Deux de ses trois occupants en sortirent. Ils étaient vêtus de manteaux de cuir sombres. Tous deux gardaient la main droite glissée sous le manteau entre les boutons à hauteur de la poitrine. Lorsqu'ils approchèrent de la porte, Jessica vit que l'un d'eux tenait un objet brillant dans sa main. Le canon d'un pistolet.

Une pensée lui traversa immédiatement l'esprit : « Jack ! »

— Oh, merde alors ! murmura-t-elle au téléphone.

Elle coupa la communication et remonta l'escalier en courant. À mi-chemin, elle s'arrêta pour observer ce qui se passait. Un des hommes s'approcha de l'interphone et poussa au hasard sur plusieurs boutons.

— Nous apportons du courrier ! dit-il avec un accent étranger.

Jessica était convaincue que son instinct ne la trompait pas : « Jack » était menacée.

En bas, un bourdonnement se fit entendre. Quelqu'un avait ouvert la porte. Les hommes entrèrent dans l'immeuble.

Jessica fonça dans l'escalier et s'arrêta au quatrième étage. Elle jeta un coup d'œil à travers la cage d'escalier.

Les hommes étaient déjà en train de monter. Ils tenaient leur pistolet en main. L'un d'eux ajusta son silencieux.

Jessica agit à la vitesse de l'éclair. Si on la découvrait, elle courait le plus grand danger.

Elle galopa jusqu'à la porte indiquée « Summer » et poussa sur la sonnette tout en frappant la porte de son autre main.

La personne qui ouvrit était bien la femme qui s'était fait passer pour « Jack ». Elle regarda Jessica avec frayeur et resta interdite sur le seuil.

— Tu es en danger, des hommes arrivent ! dit rapidement Jessica sans plus réfléchir.

Elle s'engouffra dans l'appartement pendant que la femme se dirigeait vers la cage d'escalier. Dans le salon, à part quelques petits meubles et des tables, un ordinateur était relié à un numériseur. Un peu plus loin, elle aperçut une valise prête à être emportée. La femme était visiblement sur le point de partir.

« Jack » jeta un coup d'œil dans l'escalier. Les deux hommes armés montaient.

— Merde ! laissa-t-elle échapper.

Les hommes l'entendirent. Le premier, celui qui était presque arrivé en haut, la regarda droit dans les yeux. Ils semblaient se connaître.

— Attends, salope, tu vas payer, gronda-t-il.

L'autre arrivait rapidement. La femme regagna précipitamment son appartement, claqua la porte derrière elle et s'empressa de pousser le verrou.

Elle ouvrit rapidement le tiroir d'une commode et y saisit un pistolet. En quelques mouvements précis, elle remplit le chargeur et enleva le cran de sûreté.

Elle passa devant Jessica en la bousculant. La panique la gagnait. Elle empoigna la petite valise déjà préparée dans le salon.

Debout dans le corridor, Jessica la regardait, la bouche à moitié ouverte.

La femme saisit son imperméable, posa de nouveau la valise par terre et ouvrit la porte du balcon. Le balcon longeait tout l'étage et était accessible à tous les appartements. N'importe qui pouvait regarder dans l'appartement du voisin sans aucune difficulté.

La femme sortit Jessica de sa torpeur :

— Si tu veux rester en vie, dépêche-toi ! lui cria-t-elle depuis le balcon, avant de courir vers la gauche.

Jessica réagit immédiatement et la suivit sans prendre le temps de réfléchir.

L'un après l'autre, les deux poursuivants s'attaquèrent de toutes leurs forces à la porte verrouillée. On entendait le vacarme jusqu'à l'extérieur. Et les deux femmes couraient sur le balcon à toute vitesse.

La porte de l'appartement finit par céder. Sortie de ses gonds, elle tomba par terre. Les hommes se précipitèrent à l'intérieur. Brandissant leur pistolet à hauteur de la poitrine, ils avançaient rapidement, mais avec souplesse. Tout en fouillant les chambres, ils se parlaient dans une langue étrangère, aux accents durs. Ils tenaient le doigt sur la gâchette.

Ils se rendirent rapidement compte que leurs proies avaient dû s'enfuir par l'extérieur. L'un d'eux sortit. Lorsqu'il aperçut les femmes un peu plus loin, il brandit son arme et visa dans leur direction.

« Jack » se retourna et comprit le danger de la situation. Elle s'engouffra immédiatement dans un appartement dont les occupants avaient laissé la porte du balcon ouverte.

Le cœur de Jessica battait à tout rompre. Elle avait aussi vu et entendu le poursuivant. L'homme tira encore. Le coup partit en ne produisant qu'un léger sifflement, à cause du silencieux. Jessica se baissa et se précipita à son tour dans l'appartement ouvert.

L'homme continuait à les poursuivre, suivi de près par son acolyte. Subitement, la femme réapparut sur le balcon, tenant braqué son pistolet. Visant d'un geste rapide, elle tira et atteignit l'homme alors qu'il courrait.

La balle percuta sa poitrine et traversa la cage thoracique. Il s'écroula sur le plancher et y demeura étendu. Son pistolet lui échappa des mains et glissa en direction de la femme.

Elle continua à tirer en direction de l'autre homme, qui était arrivé à quelques mètres de son complice. Lui, cependant, disposa d'assez de temps pour éviter les balles et se glisser le long du mur, à l'abri d'une porte de balcon fermée. Il se plaça derrière un petit promontoire qui se trouvait devant la porte vitrée. Il se tenait prêt à tirer, le pistolet pressé contre sa poitrine.

Les balles tirées par la femme rebondirent contre le mur, provoquant un nuage de poussière.

Jessica, qui était restée près de la porte du balcon, avait vu « Jack » abattre un des hommes. Elle obéit à son instinct.

Alors que la femme tirait encore en direction de l'autre homme, Jessica s'empara de l'arme munie du silencieux et disparut de nouveau derrière la porte vitrée ouverte.

La femme fit demi-tour et la suivit. Toutes les deux traversèrent en courant l'appartement, ouvrirent rapidement la porte d'entrée et se dirigèrent vers la cage d'escalier.

Une vieille dame se trouvait dans la cuisine. Effrayée par le vacarme provoqué chez elle, elle courut vers le salon et n'en crut pas ses yeux en apercevant les deux femmes passer en courant. Complètement abasourdie, elle resta d'abord immobile, puis se dirigea vers la porte d'entrée toujours ouverte. Après l'avoir refermée, elle retourna à ses activités.

Le poursuivant n'avait toujours pas quitté son abri et se pressait contre le mur pour éviter d'autres balles. Avec le silence revenu, il s'avança prudemment et, comme plus personne n'était en vue, il se rua vers son complice qui gisait sans mouvement dans une mare de sang.

Il proféra quelques mots qui sonnaient comme des jurons. Ensuite, aux aguets, il se glissa vers la porte du balcon que les deux femmes avaient empruntée pour s'enfuir. Il n'allait pas renoncer si vite à les poursuivre.

La vieille dame, qui venait de refermer la porte d'entrée et s'apprêtait à donner un tour de clé, tressaillit lorsqu'elle aperçut soudain dans son salon un étranger pointant son pistolet dans sa direction.

L'homme la poussa sur le côté et ouvrit brusquement la porte. Arrivé dans la cage d'escalier, il comprit aussitôt que les deux femmes lui avaient échappé. Il se précipita vers la rampe et eut juste le temps d'observer à l'étage inférieur une porte en bois grise en train de se refermer.

Il en déduisit que cette porte reliait probablement cet étage au garage. Il dévala donc l'escalier pendant que la vieille dame demeurait pétrifiée d'angoisse dans son appartement. Lorsqu'elle se pencha au dehors en allant refermer la porte de son balcon, elle fut bien plus effrayée encore par le spectacle qui s'offrit à elle.

Jessica et la femme appelée « Jack » couraient de toutes leurs forces. Elles s'engouffrèrent dans le garage qu'elles traversèrent jusqu'à une autre porte. Elles avaient toutes les deux terriblement peur et voulaient s'en sortir à tout prix.

La femme avait repris la direction des opérations et Jessica ne la quittait pas d'une semelle. Essoufflées par leurs efforts, elles s'arrêtèrent bientôt quelques secondes. Jessica entendait son cœur battre. Son pouls s'emballait sous l'emprise de la panique et du désespoir.

Puis, « Jack » reprit la course suivie par Jessica. Un escalier menait plus haut. Elles découvrirent une autre sortie à l'arrière de l'immeuble.

À travers la porte vitrée, Jessica aperçut une grande cour, qui devait servir d'espace de jeu pour les enfants. Mais là, personne ne s'y trouvait. Quelle chance ! pensa Jessica en même temps que sa compagne.

En effet, la femme revint un peu sur ses pas et dénicha sous l'escalier un poteau assez lourd. Elle l'attrapa, le souleva et le cala sous la poignée de la porte par laquelle elles venaient de passer. Et elles traversèrent à toute vitesse la cour jusqu'à l'immeuble suivant.

Entre-temps, leur poursuivant les avait rattrapées et tentait désespérément d'ouvrir la porte bloquée. Lorsqu'il dut admettre qu'il n'y arriverait pas, il se mit à frapper la porte avec ses poings plusieurs fois. Mais la porte résistait à ses assauts.

Il saisit alors son portable et appela son complice dans la voiture bleu foncé toujours stationné devant la porte d'entrée principale.

Jessica et la femme avaient maintenant rejoint l'immeuble voisin. La porte était ouverte. Même à bout de souffle, elles ne pouvaient ralentir, car le danger était loin d'être passé.

« Jack » connaissait les lieux et entraîna Jessica à travers un long couloir souterrain, jusqu'à un autre sous-sol. Enfin, elle s'immobilisa.

Haletantes, elles se penchèrent vers l'avant pour soulager une crampe et essuyèrent la sueur coulant sur leur visage.

— Dis donc, c'était juste ! dit Jessica, lorsque la femme se redressa. Qui étaient ces gens ?

« Jack » portait encore son arme au poing. Elle fusilla Jessica du regard et prit une profonde inspiration. Puis, subitement, elle pointa son arme vers la tête de la jeune fille.

— Écoute bien, je veux que tu disparaisses, c'est clair ? dit-elle.

Sans se laisser intimider, Jessica leva son propre pistolet et visa la femme.

— Je t'ai donné dix mille dollars pour découvrir ce qui s'est passé avec ma sœur il y a onze ans. Et je ne sais toujours pas si elle est encore en vie. Les indications que tu m'as fournies jusqu'ici ne me suffisent pas du tout, clama Jessica, qui prit une profonde inspiration à son tour.

Une lueur cruelle et décidée habitait son regard.

— Tes informations, elles doivent venir de quelque part. Je veux savoir comment tu as obtenu ces clichés. Je me fous de l'argent, mais pour avoir ces informations, je ferai tout, tu entends ? Tout ! Je ne permettrai jamais que tu me quittes sans me les donner. Je ne disparaîtrai que lorsque tu m'auras dit exactement comment je peux retrouver ma sœur, si elle vit encore !

— Minable petite gamine, répliqua la femme dont les yeux se rétrécirent, tu n'as aucune idée dans quoi tu t'embarques. Tu ne sais même pas qui je suis et d'où je viens. Ces hommes, ils ne plaisantent pas, c'est clair ?

Elle pointa son menton en direction des lieux qu'elles avaient fuis.

— Ils poursuivent et tuent, tu piges ? Ils sont de la mafia, brutaux et sans pitié, tu ne peux même pas imaginer tout ce qu'ils pourraient te faire.

Puis elles se turent toutes les deux, jusqu'à ce que Jessica réponde :

— Je suis prête à tout !

— Pfff ! fit la femme entre ses dents. Tu n'as pas entendu, connasse ?

— Je te le dis, je suis prête à tout, répéta Jessica en pointant son arme vers son visage. Je pense que je viens de sauver ta peau.

Les deux femmes se dévisagèrent. « Jack » se rendit compte que Jessica ne renoncerait pas. Il émanait d'elle une fermeté et une assurance implacables. La détermination de Jessica toucha la femme en un point sensible.

Lentement, elle baissa le canon de son pistolet. Jessica fit de même. Le silence persista encore quelque temps. Finalement, la femme hésita.

— Bon. Tu es assez endurcie pour ton âge.

Elle remit son pistolet dans la poche de son manteau. Jessica rangea son arme dans la taille de son pantalon. Puis elles se regardèrent à nouveau. Mais la femme demeurait méfiante.

— Commençons par disparaître d'ici et nous installer quelque part en sécurité. Après, je répondrai à tes questions. D'accord ?

Jessica acquiesça avec enthousiasme.

— Oui, et alors l'argent t'appartiendra.

La femme laissa échapper un nouveau soupir et leva un sourcil. Elle voulait faire comprendre par là à Jessica qu'elle n'avait jamais eu l'intention de lui rendre l'argent. Secouant légèrement la tête, elle se détourna de Jessica et se dirigea vers la sortie du sous-sol à l'autre bout du couloir.

— Comment t'appelles-tu, au fait ? demanda Jessica tout en la suivant.

La femme ne se retourna même pas et poursuivit son chemin comme si elle n'avait pas entendu. Mais, soudain, elle s'arrêta, pivota sur ses talons et répondit :

— Sarah.

Jessica fut surprise. Elle trouvait ce nom délicat et raffiné. Il semblait totalement en contradiction avec la brutalité de sa propriétaire, pour qui la violence était quotidienne.

Comment peut-on devenir comme ça ? se demanda-t-elle. Mais la question resta en suspens.

Lorsqu'elles sortirent de l'immeuble et s'engagèrent dans un chemin étroit qui menait à la rue principale, Sarah dit :

— Merde, j'ai oublié ma valise dans l'appartement.

Elle regarda par-dessus son épaule.

— Et on fait quoi ? demanda Jessica.

— Rien, répondit Sarah. Viens, on continue.

L'avenue à deux voies qui menait au centre de Seattle était très fréquentée.

— C'est là-bas qu'on doit aller, dit Sarah.

Alors qu'elles s'avançaient entre les voitures stationnées et s'apprêtaient à traverser l'avenue, un crissement de pneus se fit soudain entendre. Une automobile de couleur sombre fonçait dans leur direction.

— Merde ! Ils sont de nouveau là ! crièrent-elles presque en même temps.

Jessica recula d'un bond et évita la voiture pendant que Sarah rejoignait l'autre côté de l'avenue en courant.

Brandissant une arme, l'homme qui les avait poursuivies sortit la moitié de son corps par la fenêtre du passager et se pencha de manière à pouvoir viser par-dessus le toit.

Jessica se cacha entre les autos stationnées, puis ressortit dès que la voiture fut passée. La voiture se mit alors à poursuivre Sarah.

Jessica fonça entre les autos. Elle tenait son pistolet dans ses deux mains, prête à tirer. Sarah évita la voiture, s'immobilisa et sortit également son arme.

Toutes deux firent feu et touchèrent l'arrière de la voiture.

Les balles sifflaient. Leur crépitement se perdait dans le bruit de la circulation. Une fenêtre latérale vola en éclats. Les autres balles atteignirent la lunette arrière et le coffre.

Sous les tirs répétés des deux femmes, l'automobile devint soudain impossible à contrôler. Elle fit une embardée, dérapa en empiétant sur l'autre voie et alla s'écraser contre un camion venant en sens inverse.

Sous le choc, la voiture continua à déraper sur le côté. Le réservoir explosa et la voiture prit feu. Des hurlements retentirent sans qu'on puisse dire s'ils provenaient des hommes dans la voiture ou des piétons choqués qui avaient assisté à l'accident.

Sarah réagit en un éclair. Elle rangea son pistolet et rejoignit en courant Jessica qui restait là sans bouger et contemplait la voiture en train de brûler.

— Viens ! cria-t-elle.

Sortie de sa transe, Jessica s'aperçut qu'elle tenait encore son pistolet braqué sur la voiture en feu. Elle venait de tirer sur quelqu'un pour la première fois de sa vie.

Elle regarda Sarah s'approcher d'elle en courant et baissa lentement ses mains encore crispées sur son arme.

Arrivée près de Jessica, Sarah commada :

— Vite, partons d'ici !

— Oui, on y va, répondit Jessica, en regardant Sarah dans les yeux.

Puis elle glissa son pistolet dans la poche extérieure de son sac à dos et la suivit.

Aussi discrètes que possible, Jessica et Sarah regagnèrent le trottoir et prirent la direction opposée, loin du chaos qu'avait provoqué leur combat pour survivre.

En chemin, Jessica se remémora les événements des dernières heures. Des bandits pour qui la vie des autres était sans importance les avaient pourchassées. Ils voulaient s'en prendre à Sarah, la seule piste qui pouvait aider Jessica à retrouver sa sœur disparue et à soulager la souffrance de toute sa famille.

Sur place, augmentait un attroupement de badauds qui attendaient les autos-patrouilles dont on entendait au loin les sirènes.

La circulation était bloquée. De chaque côté de la voie, une file interminable de voitures se formait. Partout, l'air résonnait de coups de klaxon, de jurons et du hurlement d'autres sirènes.

Chapitre 9

La porte s'ouvrit et Martin, contrairement à ses habitudes, s'apprêtait à sortir parmi les derniers de sa salle de cours. Il était en compagnie de ses amis, Nicolas et Conny, tous deux dans la même classe que lui.

Ils prirent leur sac d'écolier et allaient quitter la pièce lorsqu'ils se retrouvèrent face à Erig, le plus jeune des deux agents de police. Il semblait attendre Martin.

Celui-ci le regarda avec surprise. Devant cette situation, leur professeure alla à la rencontre du policier.

— Je voudrais m'entretenir avec l'un de vos élèves, expliqua Erig en lui montrant sa carte de policier et d'agent du FBI.

— Dois-je rester, Martin ? demanda la professeure.

— Non, merci, Madame Hartmann, répondit Martin. J'apprécie votre offre, mais je n'ai pas de problème avec la police.

Erig lui fit un signe de la tête et jeta un bref coup d'œil en direction de la professeure.

— J'ai juste quelques questions à lui poser.

— D'accord, répondit madame Hartmann.

Elle rassembla ses affaires et quitta la salle de classe. Cependant, elle ne semblait pas tout à fait convaincue.

Martin se tourna vers ses amis :

— Vous pouvez y aller, j'arrive tout de suite.

Ils lui firent un signe de la tête et quittèrent la pièce. L'agent entra dans la classe, suivi de Martin qui devinait de quoi il s'agissait. La question vint très vite :

— Alors, où est Jessica ? Surtout ne me raconte pas d'idioties, O.K. ?

Martin baissa un peu la tête, puis regarda le policier dans les yeux.

— Alors ? demanda Erig avec impatience.

Martin hésitait encore. Erig durcit le ton et prit Martin par la manche.

— Je veux savoir, entre autres, comment quelqu'un a réussi à obtenir l'adresse électronique de Jessica, et quels soupçons elle pouvait avoir, demanda-t-il. Du reste, nous avons installé à son insu un programme caché dans son ordinateur. Quand je suis allé chez ses parents ce matin, ils m'ont laissé entrer dans sa chambre pour examiner l'appaareil.

Il poursuivit :

— Ensuite, je me suis demandé pourquoi Martin m'avait menti, n'est-ce pas ? Ça te dit quelque chose ?

Martin constata qu'il ne valait plus la peine de continuer à mentir. Surtout pas avec la façon dont les choses se présentaient maintenant.

— Étonné ? demanda Erig. Nous savons que quelqu'un a repris contact avec Jessica depuis un café Internet probablement par l'intermédiaire d'un site de clavardage. Oui, Martin, nous avons vu une partie de la conversation qu'elle a eue avec lui.

Seulement une partie, car il y avait une erreur dans notre programme, cela arrive parfois, hélas !

Erig haussa les épaules et inspira profondément.

— Martin, je crois que tu es au courant de quelque chose parce que tu as menti quand tu m'as dit que Jessica était rentrée chez elle. Je présume donc que tu as des explications à me donner.

Martin le regarda et s'appuya contre le mur.

— C'est très habile, le coup du programme caché, dit-il. Mais quel dommage qu'il ait été mal installé, pas vrai ?

Il souriait insolemment en regardant Erig.

— Si vous savez déjà tout, pourquoi vous adressez-vous à moi ?

Erig prit appui sur l'un des pupitres.

— Ça se peut bien que ce programme n'ait pas été correctement installé... Et ce n'est peut-être pas non plus une bonne solution de procéder à l'insu de la propriétaire de l'ordinateur. Mais il fallait aller vite, tu comprends ?

— Mmm, ce n'était pas illégal ce que vous avez fait là ? demanda Martin, tout content de le prendre en défaut.

— Nous avons demandé la permission à ses parents, en leur demandant aussi de ne rien dire à Jessica.

Martin était étonné. Surtout par le fait que les parents de Jessica n'aient rien dit, cela le décevait beaucoup.

— Allez, à toi maintenant. Qu'est-ce que tu sais ? Mais d'abord, où est Jessica ?

Martin sentit que le policier avait vu clair dans son jeu.

Erig lui indiqua une chaise vide. Lentement, Martin obtempéra et s'installa en face de l'agent. Puis il lui parla du contenu du message électronique et des plans risqués de Jessica.

***

Jessica et Sarah marchaient dans le vieux quartier de Seattle. Elles passaient devant les magasins. Sarah conservait toujours une bonne allure.

— Où allons-nous ? demanda Jessica.

Mais elle n'obtint pas de réponse.

— Sarah ! insista-t-elle.

Finalement, Sarah dit :

— Il nous faut une voiture. Nous devons sortir de la ville.

Après avoir encore parcouru une bonne distance, Sarah entra dans le stationnement souterrain d'un grand magasin.

— Tu as une voiture ? demanda Jessica.
Sarah s'arrêta et montra du doigt les nombreuses voitures placées en rangs d'oignons dans la demi-obscurité.

— Ici, il y a suffisamment de véhicules de tout genre.

Jessica la regarda avec de grands yeux. Elle avait compris les intentions de Sarah. Elles allaient voler une voiture.

— Écoute-moi, dit Sarah. Toi, tu vas par-là et tu regardes si quelqu'un n'a pas oublié de verrouiller son véhicule ou laissé une fenêtre ouverte, ça va ?

Jessica acquiesça et alla du côté gauche, tandis que Sarah s'occupait du côté droit. Après avoir fait quelques pas, Jessica se demanda si Sarah n'essayait pas tout simplement de déguerpir sans elle et elle se retourna. Mais Sarah tenait vraiment à son projet.

Elle marchait lentement entre les rangées et jetait un coup d'œil dans chacun des véhicules. De son côté, Jessica essayait d'ouvrir les portières. Au bout de quelques minutes, elle avait déjà « essayé » trente voitures.

Soudain, elle entendit des pneus crisser... Une auto s'approchait rapidement. Effrayée, Jessica s'éloigna prestement de la voiture près de laquelle elle se trouvait. Le conducteur ne devait avoir aucun soupçon. Curieusement, une petite VW jaune s'était arrêtée près d'elle. Quelqu'un baissa la vitre.

— Jessica, monte !

C'était Sarah qui n'avait eu besoin que de quelques minutes pour réussir son coup.

— Il y a toujours des gens imprudents ! ricana-t-elle en faisant un clin d'œil à Jessica.

— Monte ! dit-elle d'une voix plus pressante.

Sarah se pencha et ouvrit la portière du côté du passager. Jessica était si surprise qu'elle en était devenue muette. Elle obéit et prit place dans la voiture. À côté du volant, il manquait un petit morceau de plastique, exactement à l'endroit où il aurait fallu introduire la clé de contact. Sarah avait tout simplement court-circuité l'allumage. Jessica referma la portière et la voiture jaune repartit.

À la sortie du stationnement, Sarah ne ralentit pas son allure et poursuivit simplement son chemin en heurtant la barrière baissée qui se brisa.

Des morceaux de plastique volèrent dans tous les sens. Sarah s'engagea ensuite dans une petite rue qui menait à une plus grande artère.

— Où allons-nous ? questionna Jessica alors qu'elles avaient presque quitté la ville.

Sarah fixait la route d'un air concentré.

— Nous devons partir d'ici en vitesse et nous mettre d'abord en sécurité quelque part. Je pense qu'ils vont s'en prendre à toi aussi maintenant si un de ces salauds a survécu.

Jessica lui jeta un regard de côté, l'air choqué.

— Mais pourquoi ? demanda-t-elle.

Sarah secoua la tête.

— Parce que tu m'as aidée en me prévenant de leur arrivée. Parce que j'ai tué un de ces enfoirés et que nous avons toutes les deux tiré sur leur voiture. Qui sait, ces connards ont peut-être survécu ?

Jessica inspira un bon coup et regarda droit devant. Elle commençait seulement à deviner dans quel guêpier elle s'était mise. Elle entrevit la réalité et saisit clairement les difficultés qui l'attendaient. Pourtant, elle ne voulait que des informations sur sa sœur.

— J'ai une question à te poser, dit soudain Sarah. Comment pouvais-tu savoir que ces hommes en voulaient précisément à moi ?

Jessica haussa les épaules. Car elle ne le savait pas elle-même.

— Pur instinct ?

Tout devint tranquille dans la voiture jusqu'à ce que Sarah allume la radio et cherche un poste. À l'heure des informations, elle glissa une cassette qui se trouvait à côté de la radio. C'était de la musique pop moderne que Jessica aimait beaucoup. Mais le morceau qui jouait lui sembla agressif et destructeur.

Subitement, Jessica devint très préoccupée par son avenir. Ses yeux fixaient les voitures venant à leur rencontre. Elle passa encore en revue les événements depuis le tout début.

Elle repensa à sa sœur Hanna qui était sans doute encore en vie. La raison même pour laquelle elle avait osé se lancer dans l'aventure et aboutir dans cette voiture. Et soudain, Jessica sentit la frayeur causée par ces hommes la quitter.

Elle tourna son visage vers Sarah et la regarda.

Chapitre 10

Elles roulaient sur l'autoroute depuis une heure environ. Sarah, bonne conductrice, ne faisait pas trop étalage de son talent et préférait se tenir derrière les camions qui allaient vers l'est.

Bien qu'un peu fatiguée, Jessica gardait les yeux ouverts et fixait l'horizon. À un certain moment, elle se tourna vers Sarah.

— Qui es-tu ? demanda-t-elle doucement.

Cette question irrita visiblement Sarah, qui jeta un bref regard oblique sur Jessica. Elle ne répondit pas et se concentra sur la route. Cependant, le regard de Jessica était si insistant qu'il semblait la transpercer.

— Que veux-tu ? demanda-t-elle finalement d'une voix un peu trop forte, tout en restant attentive à la route.

— Tu veux entendre que je suis une de ces femmes qui couchent avec des mecs pour du fric ? continua-t-elle. Ou alors que je mène une vie asociale et immorale ?

Jessica détourna les yeux et regarda de nouveau droit devant elle.

— Non, dit-elle, mais pourquoi ces types te poursuivent-ils ?

Sarah laissa échapper un bruit significatif et secoua la tête.

— Bon, tu ne veux pas répondre, dit Jessica déçue. Mais dis-moi au moins où notre voyage nous mène.

— Notre voyage ? dit Sarah. Le nôtre ?... Le tien se termine dans quelques minutes à la prochaine pompe à essence. Je dois remplir le réservoir. Là, je te déposerai et tu pourras aller à la police. J'espère qu'ils te protégeront de ces types !

— Non ! siffla Jessica, en colère. Je ne m'éloignerai pas de toi tant que tu ne m'auras pas donné les réponses que tu me dois !

— Quelles réponses ? demanda Sarah en la regardant brièvement.

Puis, elle se concentra de nouveau sur la route.

— Je veux savoir comment tu as obtenu ces images ; je veux savoir d'où tu connais mon nom et comment tu as réussi à obtenir mon adresse électronique.

— Ça, ce n'était vraiment pas compliqué, rétorqua Sarah. N'importe qui peut savoir sur quel site de clavardage tu vas. Il suffit de se promener à proximité de jeunes comme toi. Car tout ce qui vous intéresse, c'est d'en discuter. Vous parlez suffisamment fort... Il ne faut pas attendre longtemps pour obtenir ton adresse courriel.

Sarah se tut et attendit que ses paroles agissent sur Jessica.

— Mais où as-tu obtenu les photos de ma sœur Hanna ? insista-t-elle de nouveau, l'air très sérieux.

Sarah n'avait pas besoin de temps pour réfléchir, mais elle ne disait tout simplement rien en ce moment.

Le silence dura longtemps. Puis Sarah dit :

— On va s'arrêter là-bas et prendre de l'essence.

Jessica se renfonça dans son siège et regarda de l'autre côté de l'autoroute. Prenant une sortie, Sarah mena le véhicule volé jusqu'à un relais routier et s'arrêta près d'une pompe. Elle laissa le moteur en marche. C'était plus simple de le laisser tourner que d'avoir à mettre le contact ensuite.

Elle bondit hors de la voiture et repéra le bouchon du réservoir. Elle avait visiblement déjà eu affaire à ce genre de voiture. Après quelques minutes, elle avait terminé et se rendit à la caisse. Quand elle revint et ouvrit la portière du conducteur, elle tenait un sac de plastique en main.

— Tiens, j'ai acheté des choses à manger et à boire, dit-elle, évitant de regarder Jessica pendant qu'elle remontait dans la voiture et partait.

Jessica ne réagit pas. Elles n'échangèrent aucune parole alors que la conductrice reprenait de la vitesse et s'engageait à nouveau sur l'autoroute.

— J'avais treize ans... dit Sarah au bout d'un moment.

Jessica sursauta. Elle avait un sombre pressentiment au sujet du récit qui débutait. Sarah prit une profonde inspiration.

— Je me suis sauvée. Je m'étais disputée avec mes parents adoptifs. Je suis née en Corée. Ils m'ont adoptée et ramenée de là-bas. Quand je me suis sauvée, j'ai abouti dans ce milieu. Tu sais bien, dit-elle d'un ton évasif.

Jessica l'observait de côté et se contentait de l'écouter. Encouragée, Sarah poursuivit son récit.

— Après, différentes personnes m'ont obligée à faire le trottoir.

— Tu veux dire que tu as travaillé pour des proxénètes ? demanda Jessica sans détour.

— Non, je n'ai jamais travaillé pour un proxénète ordinaire, affirma Sarah. Ce n'était pas des proxénètes, mais bien pire que ça. C'était des organisations, comme la mafia. Au début, on m'a emmenée là où on filme et photographie des enfants. J'ai aussi rencontré beaucoup de filles de mon âge. Il y en avait une qui était là depuis presque un an, comme je l'ai appris plus tard.

La voix de Sarah se brisa sous le poids du chagrin. Les yeux de Jessica se mouillèrent de larmes qui coulèrent une à une sur ses joues.

— À ce moment-là, nous étions quelque part dans une province du Canada, près de la frontière de l'Alaska, où on nous retenait. Nous ne sommes restées ensemble que quelques semaines. Après, on nous a séparées et revendues ailleurs. Je n'étais encore qu'une enfant... Nous étions tous la propriété de ces organisations. Les enfants qui n'obéissaient pas, je peux te dire qu'ils ne vivaient pas longtemps !

Jessica s'essuya le visage avec ses mains. Sarah regardait droit devant elle et conduisait toujours avec assurance.

— Hanna a représenté pour moi l'image même de la survie. On se donnait mutuellement du courage quand il le fallait. On n'avait même pas besoin de se parler, il suffisait qu'on se regarde. Elle et moi, nous avons établi des liens étroits. À cause de ça, je peux la reconnaître n'importe où, n'importe quand. Tout récemment, j'ai eu en mains des photos sur lesquelles je l'ai reconnue. Et je me suis souvenue d'elle. Il nous arrivait parfois de parler de nos parents. Je connaissais aussi les noms de famille. Ça fait un sacré bout de temps tout ça !

Jessica était complètement désorientée. Elle essayait de réprimer le tremblement de sa voix. Mais ses larmes n'arrêtaient pas de couler.

— Tu veux dire que ma sœur vit encore ? demanda-t-elle à nouveau.

— Je n'en sais rien, répondit Sarah.

— On nous a vendues, ballottées d'un groupe à l'autre. Quand j'ai atterri en Alberta, je n'ai plus eu de contacts avec Hanna. Je ne sais pas si elle vit, ni de quoi elle a l'air aujourd'hui. Il y a si longtemps...

— Mon Dieu ! articula Jessica avec peine.

Puis le silence s'installa à nouveau dans la voiture. De nombreux véhicules les dépassaient à vive allure. Aucun de leurs occupants ne se doutait du lien tragique qui unissait les deux jeunes filles.

— Ces images, elles viennent d'où ? questionna Jessica en regardant Sarah.

— Je les ai piquées dans le bureau d'une boîte de nuit, à Calgary.

— C'est donc pour ça que ces types te poursuivent ?

— Non, dit Sarah, ce sont d'autres gens. Je me suis enfuie de chez eux et j'en ai envoyé plusieurs en enfer. Alors, maintenant, ils en ont après moi.

Le regard de Sarah ne montrait ni remords ni angoisse. Jessica en avait le souffle coupé. Le silence se réinstalla. Très lourd.

Jessica s'enfonça dans son siège et regarda par sa fenêtre. Elle restait plongée dans ses pensées. Sarah l'observa à la dérobée sans qu'elle s'en doute.

Elle semblait deviner exactement ce que Jessica pensait. Ce qui était arrivé à la famille de Jessica lui causait probablement du chagrin, mais rien dans son expression ne l'indiquait. Elle fixa de nouveau son attention sur la route.

— Je t'amène jusqu'à la frontière canadienne. De là, tu peux passer de l'autre côté.

Jessica se retourna rapidement.

— Quoi ?

— Prends le train vers Calgary, au Canada. C'est là qu'ils envoient la plupart des enfants vendus. C'est surtout là qu'ils les obligent à faire le trottoir. Beaucoup y aboutissent !

La respiration de Jessica se fit plus lourde. Tout cela la dépassait encore. Alors qu'elle-même n'avait aucun plan, il semblait maintenant que c'était Sarah qui lui montrait la direction à suivre.

— C'est peut-être ta seule chance de la retrouver. Mais selon moi, tu n'en as aucune. Je ne veux pas te donner de faux espoirs. J'avais besoin d'argent, c'est pour ça que je suis venue vers toi. Je ne sais pas si elle vit ou pas.

Jessica lui jeta un regard inquiet. Sarah fit un signe affirmatif de la tête.

— Si elle est encore vivante, je pense que cela va être très difficile de la retrouver, surtout après si longtemps. Elle pourrait être n'importe où sur la Terre !

— Te souviens-tu encore de ta maison d'autrefois ? questionna Jessica.

Sarah la regarda d'un air surpris, puis elle détourna son regard.

— Je ne veux plus jamais revoir cette famille de m... Surtout pas mon salopard de père adoptif !

Elles se turent toutes les deux.

Chapitre 11

L'inspecteur Erig se rendait à son bureau. Il entra dans une grande salle où les tables de travail étaient séparées par des cloisons.

À cet étage, on apercevait une vingtaine d'employés du FBI en train de téléphoner, taper sur un clavier ou discuter. Dès son entrée en service, Erig s'était habitué au bruit ambiant. Certains bureaux étaient entourés d'une cloison vitrée qui étouffait le bruit, mais seuls les cadres supérieurs en bénéficiaient. C'était le cas de son chef, Cusack.

— Erig, cria justement celui-ci depuis son bureau.

Erig s'arrêta, pivota sur ses talons et se rendit à l'appel de l'inspecteur-chef, Cusack. Lorsque son plus jeune collègue entra dans son bureau, Cusack était confortablement installé dans son fauteuil.

— Bill ? dit Erig.

Puis il enchaîna immédiatement sans que Cusack n'ait de question à lui poser. Tous deux se connaissaient depuis des années, et Erig savait que son chef attendait précisément un rapport verbal de sa part.

— Le jeune garçon, l'ami de Jessica, m'a confirmé que l'inconnu s'était de nouveau manifesté. Il m'a dit aussi que la fille devait rencontrer ce type quelque part à Seattle pour lui remettre dix mille dollars, tu te rends compte !

Il prit une inspiration et s'installa sur une chaise libre devant le bureau de son chef.

— J'ai immédiatement fait faire des recherches et demandé aux collègues de Seattle de retrouver Jessica Viner. Je leur ai déjà transmis une photo par courriel. Et j'ai réclamé les archives de la procédure relative à la disparition de Hanna Viner.

— Un certain Maurin, une grosse huile du FBI, s'est emparé du cas, dit Cusack.

Erig fronça les sourcils.

— Pourquoi ça ?

Cusack se pencha par-dessus le bureau et dit :

— Pourquoi quoi ?

— Bien, dans quel but ce Mauer ou je ne sais qui s'est emparé du cas ?

— Maurin, précisa Cusack, avant de poursuivre. Je ne sais pas. Probablement parce qu'à l'époque, c'est lui qui a travaillé sur l'affaire à Bellingham, la ville où les Viner habitaient. Il veut peut-être rouvrir un dossier qui n'a jamais été élucidé et régler le problème une fois pour toutes.

— Mmm, amour-propre professionnel ?

Cusack cligna de l'œil droit. Puis, il prit une profonde inspiration et contempla la photographie de sa famille sur son bureau. Une femme aux boucles blondes lui souriait en compagnie de deux petites filles au rire édenté.

— Il a dit que ces organisations sont très dangereuses et que nous devons absolument retrouver Jessica Viner. Hum, dispose-t-il d'autres informations qui nous échappent encore, demanda Cusack en parlant à mi-voix.

— Bon alors, attendons un peu de voir comment ça se déroulera, dit Erig.

Hochant plusieurs fois la tête, Cusack prit la photographie de sa famille et contempla longuement les visages chéris de sa femme et de ses filles.

— C'est horrible quand des parents perdent leurs enfants. Mais c'est bien pire encore quand, après des années, ils ne savent toujours pas si un enfant disparu vit encore ou pas, dit-il doucement.

— D'autant plus, quand un individu sans scrupules profite de la situation en se servant d'Internet, par-dessus le marché. J'espère que la police de Seattle a réussi à retrouver la trace de Jessica.

— Oui, renchérit Cusack, j'espère aussi que rien n'est arrivé à la jeune fille.

***

Le soir tombait. Le soleil s'apprêtait à disparaître au bout d'une interminable ligne droite. Sur cette route, seule une petite voiture jaune animait l'horizon.

Maintenant que les deux femmes s'étaient habituées l'une à l'autre, une sorte de confiance réciproque s'était installée. Même si les raisons qui les avaient conduites l'une vers l'autre étaient bien différentes. Le fait que Jessica ait sauvé la vie de Sarah les rassemblait en dépit de leurs intérêts divergents. Une certaine magie opérait.

— En tout cas, je dois dire que c'était chouette que tu aies fait le trajet en train avec moi, dit Jessica.

Sarah baissa le pare-soleil à cause du soleil couchant qui l'éblouissait.

— Et que vas-tu faire des affaires que tu as laissées dans ton appartement ? s'enquit Jessica.

En même temps, elle regarda brièvement Sarah.

— C'était l'appartement d'une connaissance, répondit Sarah. Je me demande comment ils ont découvert que je me trouvais à Seattle.

— Pourquoi ne vas-tu pas demander de l'aide à la police ? s'enquit Jessica.

— Ah ! Qu'est-ce que j'irais faire là ? répliqua Sarah.

Sa réponse fusa comme un boulet de canon.

— Personne n'aiderait une putain, encore moins une asiatique ou une noire. On est aux États-Unis ici, continua Sarah, presque amusée.

En réalité, elle n'avait pas du tout le cœur à plaisanter.

— Et toi, ils s'empresseraient de te coffrer, parce que tu as abattu des gens et que nous avons volé cette voiture ensemble. Les flics ne seront pas tendres avec toi. Tu te retrouveras alors en maison de correction et tu peux oublier tes recherches pendant des années !

Jessica réfléchissait à ce qu'elle pouvait bien répondre. Mais elle ne trouva rien.

— Ils étaient où, les flics, quand j'avais besoin d'aide ? S'il y en avait un qui se pointait, c'était un client.

Jessica ravala sa salive et songea aux paroles de Sarah. Pendant quelques instants, on n'entendit plus que le vrombissement du moteur.

— On va encore devoir s'arrêter pour prendre de l'essence. Car tout est beaucoup plus cher au Canada, dit soudain Sarah en rompant le silence.

Loin devant, Jessica distingua en plein milieu du paysage désert un poste d'essence, flanqué de quelques petits hangars en bois. « Quel endroit isolé », se dit-elle.

Jessica se redressa. À cause de l'immobilité prolongée, elle avait les membres ankylosés et la nuque raide.

— Tu n'es pas fatiguée ? demanda-t-elle.

Sarah répondit d'abord que non, puis reconnut ensuite qu'elle était assez épuisée.

— Mes yeux commencent à se fatiguer. Ça devient plus difficile de me concentrer. Mais je veux t'amener jusqu'à la frontière canadienne. À partir de là, tu devras te débrouiller pour poursuivre ton chemin. Après la frontière, tu trouveras une gare ou bien tu pourras prendre le bus jusqu'à Calgary. Mais moi, je te déconseille de t'embarquer dans tout ça. Tu es bien trop jeune et tu n'as rien à faire dans ce milieu.

— Mais j'ai... Hanna ! rétorqua Jessica.

— Pas question de plaisanter avec ces gens-là, Jessica. Tu n'as aucune idée de leur brutalité et de leur puissance. Tu vois d'abord quelqu'un de sympathique qui se transforme ensuite en salaud de la pire espèce et te fait très mal. Et tu peux être sûre d'une chose : ils travaillent tous main dans la main avec la police. Ça, je peux te le dire...

Sarah respira un bon coup et poursuivit :

— Ce sont toutes des bêtes puissantes, qui ne recherchent que le fric et le pouvoir. Ils t'écrasent et t'exploitent. Ils te protègent peut-être, mais seulement tant que tu leur es utile. Si tu fais un pas de côté, tu es morte. Quant à toi, Jessica, écoute bien, tu es jeune. Ils cherchent toujours des gens jeunes, surtout des jeunes filles. Plus elles sont jeunes, mieux c'est. Ils les veulent pour faire avec elles ce que tu as déjà vu sur les photos. Ils trouvent toujours des jeunes filles et des garçons frais. Et en plus, seulement ceux qui ont moins de seize ans !

Sarah s'interrompit brièvement, puis continua :

— Tant qu'il y aura des clients prêts à lâcher un paquet de fric pour des jeux pervers avec des enfants et des adolescents, il y aura toujours des gens pour en profiter. Je ne veux jamais être attrapée par la police. Je préfère crever !

Jessica eut de nouveau la vision de sa sœur alors qu'elle n'était encore qu'une enfant.

— Merde ! jura-t-elle.

— On risque sa vie, là-bas ! dit Sarah.

— Pourquoi fais-tu cela ? voulut savoir Jessica.

Sarah regarda brièvement dans sa direction.

— Quoi donc ?

— Pourquoi me mets-tu en garde contre ces gens, alors que ça ne t'intéresse pas en fait, sauf pour le fric ? demanda Jessica en la regardant avec insistance.

Sarah garda le silence. Jessica continuait à la regarder.

— Quoi ? cria Sarah énervée, en se hâtant de regarder de nouveau devant elle. Écoute-moi bien, je t'amène jusqu'à la frontière et c'est terminé. Compris ?

Jessica acquiesça.

— Alors, toi et moi, nous serons quittes.

Elles sortirent de l'autoroute et s'arrêtèrent à la station-service. Jessica descendit de la voiture. Le moteur tournait encore. Jessica s'étira le dos. D'énormes chaînes de montagne s'étendaient devant elle.

— Là-bas derrière, c'est le Canada, dit Sarah qui s'étira également et ouvrit le bouchon du réservoir.

Jessica s'écarta un peu de la voiture. La tombée de la nuit amenait un agréable vent frais qui lui caressait le visage. Son regard s'attarda sur les montagnes.

Pendant ce temps, Sarah s'empara du boyau à essence et l'introduisit dans l'ouverture du réservoir. Celui-ci se remplit rapidement. Elle jeta à la dérobée un coup d'œil sur Jessica, qui était plongée dans ses pensées. Tous les rêves que Jessica pouvait encore avoir, elle-même y avait renoncé depuis longtemps.

Lorsque le réservoir fut rempli, elle remit le boyau en place. Sa longue chevelure sombre flottait dans le vent. Elle se dirigea vers le magasin où la lumière avait déjà été allumée. Il n'y avait pas d'autres clients. « Quel coin perdu ! », pensa Sarah, en se retournant pour regarder Jessica, toujours en contemplation devant les montagnes.

Elle entra pour payer. Pendant que Sarah se trouvait à l'intérieur, Jessica saisit son portable et composa le numéro de Martin.

Dès qu'elle l'entendit au bout du fil, elle dit :

— Martin, je n'ai pas beaucoup de temps, mais ne t'en fais pas, je vais bien et... Merde !

Elle écarta l'appareil de son oreille et regarda le petit écran. La communication était coupée. Un son prolongé lui indiqua que la pile était à plat.

— Oh non ! s'exclama-t-elle désespérée.

Elle remit son portable dans son sac à dos. Juste au moment où Jessica se trouvait de nouveau près de la voiture, Sarah sortit du magasin. Portant un grand sac de papier, elle s'approcha de la voitrure et déposa le sac derrière le siège du passager. Elles grimpèrent dans le véhicule et Sarah fit rugir le moteur.

— Continuons, il commence à faire noir, dit-elle.

Jessica approuva de la tête. Puis la voiture s'engagea vers la route, créant un tourbillon de poussière. Le soleil avait disparu derrière les montagnes. Sarah alluma les phares.

Elles poursuivirent leur chemin en direction des montagnes jusqu'à une heure avancée de la soirée. Jessica était trop jeune pour avoir le droit de prendre le volant. Vers minuit, elles décidèrent donc de s'arrêter et de passer la nuit dans la voiture.

Les montagnes semblaient déjà être à leur portée. Sarah stationna la voiture au bord de la route. Rabattant leur siège vers l'arrière, les deux femmes s'étendirent et s'efforcèrent de dormir.

Jessica resta éveillée un certain temps. Près d'elle, Sarah avait déjà sombré dans le sommeil. Sa respiration était tranquille et régulière.

À travers la fenêtre, Jessica contemplait le ciel clair. Repensant à sa sœur, elle se demanda comment elle avait réussi à survivre pendant toutes ces années. C'était révoltant de songer à tout ce qu'on avait pu lui faire endurer. Elle aurait peut-être été plus heureuse si elle n'avait pas survécu.

Malgré la douleur que lui causait cette pensée, Jessica essayait quand même de se représenter la vie d'Hanna. Elle le faisait pour sa sœur et dans le vague espoir de la retrouver vivante.

***

Chargé de plusieurs documents, Erig se précipita dans le bureau de son chef qui s'apprêtait à boucler sa journée de travail.

— Cusack ! dit rapidement Erig, avant que son chef ne puisse répondre comme d'habitude à cette heure : « Laisse-moi tranquille, je rentre à la maison maintenant ».

— Je viens d'apprendre par la police de Seattle, continua-t-il, que c'est bien Jessica qui a causé un grave accident en compagnie d'une autre femme. Elles ont tiré comme des forcenées sur une voiture.

— Quoi ? dit Cusack d'un air incrédule, en se rasseyant. Qu'est-ce que tu me racontes ?

Erig lança une série de bouts de papier qui atterrirent juste sous le nez de Cusack, sur son bureau.

— Ce sont des dépositions de témoins qui viennent d'arriver, avec un portrait-robot. Ça ressemble furieusement à la photo de Jessica que je leur ai envoyée par courriel ce matin.

— Ils déraillent ! dit Cusack en examinant les messages qui se trouvaient devant lui.

Erig secoua la tête.

— J'ai eu au téléphone la personne qui a dirigé les secours, pour en avoir la confirmation. Il m'a dit qu'au moins trente personnes ont identifié Jessica comme l'une des femmes qui ont tiré sur la voiture !

Il s'installa sur la chaise vide en face de Cusack.

— Bon sang, qu'est-ce qui arrive ?

Chapitre 12

L'engin dans lequel Jessica avait pris place se mit à dévaler la pente. Cette fois, elle n'était plus un petit enfant, mais une jeune fille de quinze ans assise dans une grande voiture d'enfant, les mains liées.

Dans son rêve, c'était une main d'homme qui la poussait en bas de la rue. Elle se retourna et aperçut une ombre qui se tenait près de sa sœur. Hanna était là et lui faisait un signe d'adieu. Jessica cria. Comme jamais elle n'avait crié auparavant : « Hanna ! »

Jessica s'éveilla. Il faisait déjà jour. C'était la première fois que le cauchemar se déroulait de cette façon.

Son visage était trempé. La sueur dégoulinait le long de ses joues. Elle pensa d'abord que c'était ce cauchemar horrible qui l'avait tirée de son sommeil, mais c'était tout autre chose.

En effet, un vrombissement se faisait entendre. Venu de loin, il semblait se diriger vers la voiture. De plus en plus fort, le bruit se rapprochait à un rythme fulgurant, puis soudain, il s'éloigna en faisant un teuf-teuf sourd.

Jessica se redressa rapidement et jeta un coup d'œil en arrière. Le bruit avait également réveillé Sarah. Elle regarda à travers la lunette arrière.

— Un hélicoptère ! cria-t-elle.

— C'est la police, nous sommes découvertes ! dit Jessica en haletant.

Sarah réagit à la vitesse de l'éclair et mit le moteur en route. Tout en démarrant, elle prit son pistolet et le déposa sur ses genoux.

Le moteur hésitait un peu. Sarah donna un puissant coup d'accélérateur. Le moteur hurla et la voiture se retrouva rapidement sur la route.

L'hélicoptère tourna dans les airs, avança un peu, puis s'immobilisa. Le pilote put voir la voiture se mettre en route.

Sarah retira des munitions d'une des poches de son imperméable et les déposa sur ses genoux. La voiture avançait en direction de l'hélicoptère et poursuivait son chemin sans dévier.

L'hélicoptère fit demi-tour en survolant la voiture, puis disparut à l'horizon.

— Merde, j'espère qu'ils n'ont rien remarqué, dit Jessica.

La voiture prenait maintenant un peu de vitesse.

— Se pourrait-il qu'ils aient déjà identifié la voiture comme étant volée ? demanda-t-elle.

— On aurait dû changer de voiture ! remarqua Sarah, confirmant ainsi les suppositions de Jessica.

Jessica acquiesça doucement. Elle ne savait pas trop pourquoi, mais elle croyait que Sarah avait raison.

Sarah lâcha le volant un court instant, le temps de charger son pistolet. Elle remplissait le chargeur et préparait l'arme avec des gestes sûrs. Jessica ne pouvait pas charger son propre pistolet parce qu'elle n'avait pas de munitions. Finalement, c'était un hasard si elle était armée. Elle n'avait pas la moindre idée du nombre de balles qu'il y avait encore dedans.

Sarah posa son arme sur le côté, la glissa sous sa cuisse et reprit le volant des deux mains. La voiture poursuivait toujours sa route. Le paysage se transforma. Après une dizaine de minutes, la route s'engagea dans la forêt. Elles avaient atteint l'endroit où commençaient les montagnes.

— Entre les arbres, un hélicoptère ne pourra plus nous suivre, dit Jessica pleine d'espoir.

— Ils ont sûrement déjà vérifié notre immatriculation et savent maintenant que la voiture a été volée, répondit Sarah.

Elle regarda brièvement Jessica, qui lui rendit son regard. La route s'enfonçait de plus en plus profondément dans la forêt et devenait de plus en plus sinueuse. Bientôt, elles atteindraient le Canada. Sarah ralentit l'allure. Elles rencontrèrent plusieurs voitures. Sarah regarda attentivement s'il n'y avait pas d'autos-patrouillles. Jessica faisait de même.

Mais elle voyait surtout les fossés et les gorges profondes qui les entouraient. Cela changeait tout le temps, parfois ils surgissaient de son côté puis, après une nouvelle courbe, du côté de Sarah.

— Nous devons nous débarrasser de cette voiture le plus vite possible ! dit Sarah. La frontière du Canada n'est plus très loin.

Jessica acquiesça. Mais, soudain, un ronronnement les alerta : les rotors de l'hélicoptère s'approchaient de nouveau.

Loin par-dessus les cimes des arbres, le même hélicoptère de police les survolait, après les avoir apparemment redécouvertes.

— Ils sont au courant maintenant ! pesta Sarah.

L'hélicoptère ralentit sa vitesse, balayant les cimes des arbres au passage. D'en haut, la voiture jaune ressemblait à un insecte en train de s'enfuir entre les arbres.

Installé au bord de l'engin, un policier tenait un mégaphone en main. Une voix rauque et profonde résonna dans la forêt :

— Arrêtez votre voiture ! Ici la police, arrêtez immédiatement votre voiture !

Chassés par le bruit, de nombreux oiseaux et autres animaux s'enfuirent en volant ou en courant.

Les conducteurs des quelques voitures roulant dans l'autre sens hésitèrent, mais plusieurs obéirent, ne sachant pas très bien à qui la police donnait cet ordre. De leur côté, les deux jeunes femmes savaient pertinemment qui était visé.

Appuyant sur l'accélérateur, Sarah baissa la vitre de sa portière et brandit sa main serrée en poing, le majeur pointé vers le haut. Son signe était très clair. La voix puissante résonna de nouveau et répéta :

— Arrêtez immédiatement ou nous serons forcés de prendre des mesures plus brutales !

Sarah retira sa main et se mit à rire. Jessica rit aussi et dit :

— Hourra ! On leur a montré !

Saisies d'une sorte d'ivresse, elles éprouvaient beaucoup de plaisir à défier les gardiens de la sécurité.

Sarah accéléra encore et engagea la voiture dans un virage serré. L'hélicoptère disparut à nouveau derrière les rochers. Elles entrèrent dans un tunnel. À la sortie, elles croisèrent une voiture marquée du signe « Police ».

Lorsque le conducteur reconnut la voiture jaune recherchée, il donna un coup de frein si violent que ses pneus crissèrent et laissèrent des traces noires sur la route.

Il fit demi-tour, alluma sa lumière bleue et commença immédiatement la poursuite. Mais Jessica et Sarah avaient déjà une bonne avance. Sarah conduisait à toute vitesse.

Sur ce type de route, la voiture jaune était plus maniable que celle de la police. Dans chaque virage, Jessica fermait les yeux, en espérant secrètement qu'elles n'allaient pas être précipitées dans le ravin.

— Merde, ils vont bientôt nous rattraper ! dit-elle nerveusement.

Ses joues rougissaient.

— Quoi ! On va les semer, tu vas voir, répliqua Sarah.

Cramponnée au volant, elle se concentrait de toutes ses forces sur les virages. Au bout de quelques minutes, elles ne voyaient plus la voiture qui les avait prises en chasse.

Après avoir traversé un dernier bout de forêt, la route s'élargit. Il semblait qu'elles arrivaient dans une agglomération.

— Je crois que tu as réussi ! s'écria Jessica, toute joyeuse.

Mais le calme revint très vite dans la voiture. Car, quelques centaines de mètres plus loin, alors que la route repartait en ligne droite, elles entendirent le grondement de l'hélicoptère au-dessus de leur tête.

Soudain, elles se retrouvèrent face à un barrage formé par trois autos-patrouilles. Quelques hommes et une femme se tenaient debout, prêts à tirer. Dès que la voiture jaune sortit du dernier virage, ils pointèrent leur arme dans sa direction.

— Ça devient sérieux ! cria celui qui dirigeait le commando. Tenez-vous prêts !

— C'est charmant ici ! grommela Sarah.

Elle appuya sur l'accélérateur et fonça droit vers le barrage. Elle était prête à tout pour échapper à la police.

— Feu ! s'écria quelqu'un.

Une pluie de balles s'abattit sur la voiture. Jessica se jeta par terre. Sarah se baissa aussi pour éviter les balles. Les vitres avant et arrière éclatèrent, projetant des débris partout. Des milliers d'éclats de verre hérissèrent l'intérieur de la voiture. Les deux jeunes femmes se mirent à crier : Jessica, par peur et à cause du bruit terrifiant ; Sarah, à cause de sa colère réprimée.

La voiture jaune heurta une des autos-patrouilles, la poussant sur le côté. Deux policiers furent obligés de quitter la route à toute vitesse. Les projecteurs de la voiture de police volèrent en éclats. Sous la violence de l'impact, le pare-chocs fut arraché.

Sarah se cramponnait au volant. La voiture jaune franchit le barrage sans trop de difficultés et reprit sa course. Sarah se redressa lentement, dès qu'elle sentit que le barrage était derrière elles. Une nouvelle pluie de balles s'abattit sur la voiture.

Sarah appuya de nouveau sur l'accélérateur et la voiture partit sur les chapeaux de roue. Sans perdre une minute, les policiers sautèrent dans une des voitures qui n'avaient pas été endommagée et reprirent la poursuite.

L'avant de la voiture jaune était très abîmé, mais les jeunes femmes ignoraient l'ampleur des dégâts.

Dans un petit virage, la roue gauche avant se détacha, quitta la route et disparut entre les arbres dans l'obscurité. Avant que Sarah ait le temps de réagir, la voiture se mit à déraper. Elle essaya en vain de la redresser par un coup de volant, mais au lieu de se diriger vers la droite, la voiture continua sa course tout droit.

Quittant la route, elle se mit à dévaler dans les bois à un rythme infernal, frôlant les arbres et les buissons et heurtant les arêtes vives des rochers.

Jessica et Sarah poussèrent un cri strident. Sarah lâcha le volant et protégea son visage de ses mains.

Au bout d'un moment qui leur parut une éternité, la voiture percuta un gros arbre. Le choc ralentit sa chute, mais ne l'empêcha pas de continuer à déraper. Quelques mètres plus loin, elle fit un tonneau et se mit à glisser sur le toit. Des branches vinrent fouetter le visage des deux jeunes femmes, mais à cause du choc elles ne sentirent rien. Après un laps de temps qui sembla durer à l'infini, la voiture s'arrêta enfin.

Quelque quatre cents mètres plus haut, on pouvait apercevoir les autos-patrouilles. Les policiers en sortirent , mais il leur fut impossible de voir ce qui s'était produit. De hauts buissons et des arbres leur masquaient la vue.

L'un des policiers fit un rapport par radio sur le déroulement des événements. Sur les toits des voitures, les lumières bleues continuaient à tournoyer sans arrêt.

Leur chute les avait entraînées presque jusqu'au fond d'un ravin, où coulait un petit ruisseau. La voiture avait abouti sur une butte et s'était enfoncée entre de grosses branches et d'épais fourrés.

Jessica avait repris conscience. Elle tenta de s'extirper du véhicule. Elle y arriva à grand-peine et au prix de terribles douleurs. Elle n'évaluait pas tout à fait ce qui s'était passé, ni la gravité de ses blessures.

Comme la portière se trouvant de son côté avait disparu, sortir de la voiture renversée fut facile. Elle s'empara de son sac à dos que la chute avait projeté sur son visage. Elle gémissait tout en rampant. Comme elle était trop faible pour tenir debout, elle se laissa rouler plus bas, jusqu'au bord du ruisseau.

La douleur lui arracha des cris. Elle trempa ses mains dans l'eau froide. La fraîcheur lui rendit rapidement ses esprits. Elle se renversa sur le dos et regarda la voiture couchée sur son toit. Coincée derrière le volant, Sarah avait la tête en bas. Elle semblait profondément endormie. Mais Jessica comprit qu'elle s'était évanouie.

Cela lui donna la force de se lever. Elle se redressa lentement. Elle ressentait des douleurs à des endroits de son corps dont elle n'avait jamais soupçonné l'existence. Elle toussa et cracha du sang. Elle toucha son front et vit des traînées rouges apparaître sur le dos de sa main. Elle sentait un filet de sang chaud qui coulait depuis sa lèvre inférieure. Son visage brûlait, il devait être plein d'éraflures.

Mais elle n'y prêtait aucune attention pour l'instant. Elle voulait d'abord délivrer Sarah le plus vite possible et, éventuellement, la faire soigner.

Elle grimpa en haut de la butte en s'agrippant aux buissons et aux branches d'arbres qui pendaient et atteignit enfin les restes de ce qui avait été une voiture jaune.

— Sarah ! cria-t-elle, en laissant tomber son sac à dos sur le sol.

Mais aucune réaction ne vint. Sarah ne bougeait pas. En boitillant, Jessica se rendit du côté du conducteur. Complètement cabossée, la portière était ouverte. Jessica poussa de toutes ses forces pour l'ouvrir davantage.

Elle appela Sarah en criant son nom plusieurs fois. Enfin, la jeune femme gémit doucement. Jessica saisit la ceinture de sécurité et la défit. Sarah entrouvrit les yeux et vit les efforts de Jessica pour la sortir du véhicule. Elle fit quelques mouvements pour l'aider.

Jessica attrapa Sarah par l'épaule et tira. Sarah était couverte de sang, elle cria lorsque son corps glissa vers le sol.

— Nous devons partir d'ici en vitesse, dit Jessica. La voiture peut prendre feu d'un instant à l'autre et exploser ! Je prends ton pistolet.

Sarah s'arrêta de geindre et tenta de se redresser. Mais, comme elle s'écroulait complètement, elle s'appuya sur Jessica qui flancha sous le poids.

Jessica ne perdit pas courage et réussit à faire sortir Sarah de la voiture en la tirant par à-coups. Sarah serrait si fort les dents qu'on distinguait la forme de ses mâchoires. Mais elles y arrivèrent finalement.

Les derniers mètres jusqu'au ruisseau furent plus faciles, grâce à la pente. Après avoir repris son souffle, Jessica se remit debout pour voir dans quel état se trouvait Sarah. Elle la tourna délicatement sur le dos et se pencha sur elle. Sarah ouvrit ses yeux sombres et les plongea dans ceux de Jessica.

— Pars, laisse-moi ici. Moi, je ne peux pas continuer. Toi, tu dois absolument t'enfuir !

— Non, Sarah, je reste près de toi !

— Ne fais pas l'idiote. Qu'est-ce que tu crois qu'ils vont faire quand ils vont t'attraper ? répondit Sarah d'une voix saccadée.

Elle toussa un peu et gémit de douleur. Une goutte de sang, tombée de la blessure ouverte que Jessica avait à la lèvre, tomba sur le menton de Sarah. De la main, Jessica écarta quelques cheveux qui envahissaient le visage souillé et trempé de sueur de la jeune femme.

— Je leur dirai la vérité, répondit-elle.

— Petite cruche... répliqua Sarah, dont les enflures du visage s'étaient déjà aggravées. Ils vont te... Ils ne te croiront pas... Tu as tiré sur des gens et tu t'es enfuie... Ne fais jamais confiance aux flics !

Jessica considéra Sarah en silence.

— Merde, va-t'en. Tu n'as pas de temps... à perdre. Peut-être que ta sœur vit encore... Vas-y, le plus tôt, c'est le mieux !

Attentive au moindre mouvement des lèvres de Sarah, Jessica contemplait ce visage qui avait été beau.

Soudain la voiture explosa, projetant dans les airs une multitude de morceaux de ferraille. Une pluie de métal vint les frôler au passage. Des flammes s'élevaient déjà vers le ciel, accompagnées d'une épaisse fumée noire. Plusieurs arbres prirent feu.

Effrayée par la détonation, Jessica s'était jetée par terre, en protégeant Sarah de son bras. Au moins, l'explosion ne les avait pas touchées.

— Vas-y ! murmura Sarah, avant de s'évanouir à nouveau.

Aussitôt que Sarah avait évoqué Hanna, les douleurs de Jessica s'étaient envolées comme par miracle. Quelque chose lui redonnait la force de continuer et de ne pas lâcher son projet.

« L'accident ne m'a pas tuée. Ni l'incendie », se dit Jessica. « Qu'est-ce qui peut encore m'arriver ? »

Au-dessus de sa tête, le bruit sourd des rotors d'un hélicoptère s'approchait de plus en plus. Comme une furie, elle saisit son sac à dos, l'ouvrit et en retira l'arme de Sarah.

Au moment où l'hélicoptère entamait prudemment sa descente dans le couloir menant à la voiture, elle se leva rapidement. Le pilote continuait à envoyer des messages radio. Jessica s'était placée au bord du ruisseau et attendait.

Lorsque l'hélicoptère la survola, elle leva son pistolet et tira toutes ses munitions dans sa direction. Les balles atteignirent leur but, mais ricochèrent sur le fuselage.

Faisant rapidement volte-face, l'hélicoptère reprit de la hauteur. L'étroitesse des lieux l'empêchait de se défendre. Une chance, c'était exactement ce qu'il fallait à Jessica.

Elle regarda l'arme d'où émanait une odeur de poudre brûlée et la jeta dans le ruisseau. Ensuite, elle prit son sac à dos et s'en alla.

Elle jeta un dernier coup d'œil sur Sarah. Couchée de tout son long, seule sa respiration faisait bouger doucement son ventre.

Il fallait que Jessica se mette en route le plus vite possible. Elle commença par longer le ruisseau. L'hélicoptère continuait à survoler le ravin, mais cette fois en gardant ses distances. De temps à autre, elle se cachait dans un buisson épais ou entre des arbres.

Jessica continua à grimper et à s'enfoncer dans la forêt. Elle avait réussi à échapper à ses poursuivants aériens.

Chapitre 13

Quelques policiers tentèrent de descendre la pente jusqu'au fond du ravin où la voiture accidentée brûlait toujours. L'air empestait le caoutchouc brûlé. Tout en se retenant, ils se laissèrent lentement glisser vers le bas. Certains passaient d'un tronc d'arbre à un autre en sautant.

Il leur fallut un certain temps pour rejoindre l'épave. Entre-temps, une voiture de pompiers équipée d'un treuil était arrivée. À l'aide de plusieurs câbles, les pompiers hissèrent la voiture jusqu'à la route. L'opération s'avéra très difficile, car il y avait plusieurs troncs d'arbres et des arbustes qui faisaient obstacle.

Quelques badauds s'étaient arrêtés au bord de la route pour observer les opérations. Un périmètre de sécurité avait été installé pour les tenir à l'écart des policiers et des pompiers qui sciaient les troncs d'arbre pour dégager la voie.

On commença d'abord par remonter la civière transportant Sarah, gravement blessée. Elle n'avait pas repris connaissance depuis la disparition de Jessica. Les médecins qui étaient descendus pour lui donner les premiers soins, étaient remontés, épuisés par leurs efforts.

Survolant toujours les lieux, les policiers de l'hélicoptère tentaient de coordonner le sauvetage depuis le ciel. D'autres, cherchaient de nouvelles traces du passage de Jessica.

Soudain, une grosse camionnette s'arrêta devant les barrières des policiers. Un homme en descendit. Il se dirigea vers le périmètre de sécurité, passa en-dessous et se rendit vers le lieu de l'accident.

Un policier se précipita vers lui et dit :

— Vous êtes prié de ne pas entraver le travail de la police et de quitter immédiatement les lieux de l'accident !

Mais l'homme sortit sa carte et la brandit sous le nez du policier.

— Je suis du FBI. Mon nom est Erig.

Le policier examina le document et le laissa passer.

— Où est le chef des secours ? s'enquit poliment Erig.

Le policier fit un signe en direction de l'ambulance dans laquelle on introduisait la civière portant Sarah. Trois secouristes et quatre policiers supervisaient l'opération. Après avoir remercié le policier, Erig s'y dirigea.

Les policiers s'écartèrent pour le laisser passer. Lui jetant un coup d'œil distrait, ils ne se donnèrent même pas la peine de lui adresser la parole.

— Qui est le chef ? demanda Erig d'un ton abrupt.

Un homme en uniforme, un peu plus âgé qui paraissait la cinquantaine, se présenta :

— C'est moi. Mon nom est Bradley.

— Erig.

Ils se serrèrent la main. Erig voulut présenter à nouveau sa carte, mais Bradley fit un geste de dénégation :

— C'est bon comme ça, je vous crois. J'arrive d'Everett, précisa-t-il à Erig. Donc, on a commencé par localiser la voiture volée grâce à l'hélicoptère. L'analyse des images vidéo a montré qu'il s'agit très probablement des deux femmes dont on avait établi le portrait à Seattle pour lancer des recherches. La suite, vous la connaissez. En voulant prendre la fuite, elles ont abouti dans ce ravin. L'une se trouve ici, gravement blessée et l'autre, après avoir tiré sur l'hélicoptère, court encore dans les bois.

De la main droite, il montra le ravin. Erig hésita de la tête.

Une autre voiture s'approcha du barrage et s'immobilisa. Un homme plus âgé, vêtu d'un complet sombre, en descendit. Au moment de franchir le barrage, il présenta aux policiers sa carte.

Ne perdant rien de la scène, Erig estima que l'inconnu devait avoir à peu près le même âge que Bradley. Celui-ci suivit le regard d'Erig. L'homme se dirigea vers eux.

— Un autre agent du FBI ? demanda Bradley.

Erig haussa légèrement les épaules.

— Je ne le connais pas, répondit-il.

À présent, l'homme se trouvait face à eux.

— Puis-je me présenter ? Je m'appelle Maurin, je suis du FBI. Qu'est-ce qui s'est passé ?

Erig et Maurin le jaugèrent du regard.

— Alors vous êtes... commença Erig.

— Oui, l'interrompit Maurin, je suis celui qui a enquêté sur le cas Viner, il y a presque onze ans.

— Le cas Viner ? demanda Bradley en s'interposant.

— Qu'est-ce qui s'est passé ici, chef ? questionna Maurin, sans accorder la moindre attention à la question de Bradley.

Celui-ci expliqua une nouvelle fois le déroulement des événements, concluant son rapport par : « ...et seule une personne a pu être mise en sécurité ».

— L'autre a tiré sur l'hélicoptère avant de prendre la fuite dans les bois. Les recherches vont être difficiles parce que la zone est inhabitée et pleine de crevasses. Mais nous avons bon espoir de l'attraper bientôt, elle aussi. Là-bas se trouve la frontière canadienne ; nous supposons qu'elle a pris la fuite dans cette direction, dit-il en pointant l'horizon. Nous avons déjà commencé à fouiller la région, mais c'est un coin vraiment difficile.

— Je crois que nous n'avons plus besoin de vous, je vous remercie, chef, dit Maurin, coupant court à la conversation.

Bradley se tut. Des agents arrogants du FBI, il en avait croisé suffisamment pour ne plus s'irriter de leurs manières.

Il prit congé d'Erig, tout lui en précisant où il allait se trouver ensuite au cas où ils auraient encore besoin de lui. Après avoir jeté un regard méprisant sur Maurin, il retourna vers l'ambulance où l'on continuait à s'occuper de Sarah et à la brancher sur différents appareils. Puis, les portes se refermèrent et l'ambulance partit.

Erig et Maurin se tenaient près du ravin d'où remontaient plusieurs pompiers et policiers.

— Pourquoi êtes-vous ici, Maurin ? questionna subitement Erig.

Cette question ne sembla pas surprendre Maurin.

— Comme vous le savez peut-être, j'ai malheureusement été obligé de classer ce cas, mais il n'a jamais cessé de me préoccuper. Dans quatre ans, je prendrai ma retraite et je voudrais élucider l'affaire avant.

Il regarda Erig droit dans les yeux.

— Ce n'est plus votre affaire, voulut lui apprendre Erig, mais Maurin l'interrompit brutalement.

— Je vous comprends et je suis conscient que le cas relève désormais de votre compétence. Mais comprenez bien ceci, on n'a rien pu trouver à Bellingham lors de l'enlèvement. Pour être plus exact, je n'ai rien pu trouver personnellement. Je n'ai laissé aucun espoir à la famille Viner. C'est capital pour moi d'arriver à élucider cette affaire avant ma retraite. Vous savez, j'avais une fille du même âge qu'Hanna Viner, et si quelque chose lui était arrivé... Je n'arrive pas à l'imaginer !

Naturellement, je suis prêt à ne collaborer que comme observateur et assistant, mais j'espère que vous me comprenez.

Erig le regarda, puis :

— Je vois, dit-il, hochant à nouveau la tête.

Pourtant, quelque chose le dérangeait dans cette histoire. Lui-même avait engagé beaucoup de fierté dans sa profession et pouvait donc comprendre Maurin. Il ne voulut pas le repousser et lui tendit la main.

— O.K., travaillons ensemble.

— Je vous remercie ! répondit Maurin en lui souriant.

— Alors, d'après vous, où Jessica Viner s'est-elle enfuie ? Et pour quelle raison ?

Chapitre 14

Jessica s'était assise sur un tronc d'arbre dénudé. Elle était frigorifiée et son haleine formait de petits nuages. La nuit allait être froide.

Le chemin continuait à monter en pente très raide. Sa fuite l'avait entraînée maintenant tout en haut de la pente. La police devait toujours être à ses trousses. Elle se mit à penser à tout ce qui lui arriverait s'ils l'attrapaient.

— Ces foutus flics, murmura Jessica.

Ces fonctionnaires lui rendraient la vie infernale, elle en avait bien peur. Pendant longtemps, ils l'empêcheraient de continuer la recherche d'Hanna. Quelque chose lui disait que tout ce qu'elle avait fait jusqu'à présent n'était ni mauvais ni insensé. Une petite voix intérieure lui répétait sans arrêt qu'elle avait une chance de la retrouver. Elle était prête à donner sa propre vie pour celle sa sœur s'il le fallait.

Jessica ne regrettait aucun des gestes qu'elle avait posés jusqu'ici. Bien au contraire, même les dix mille dollars dépensés avaient été utiles pour obtenir des informations importantes sur Hanna.

Sa petite voix intérieure ne semblait pas l'avoir abandonnée. Il s'avérait que Jessica tenait en effet une piste très sérieuse.

Elle espérait que le hasard continuerait à lui sourire et qu'elle reverrait sa sœur à Calgary, là où Sarah lui avait dit que la plupart des enfants étaient vendus et contraints de se prostituer. Jessica voulait s'accrocher à cet espoir. La chance pourrait peut-être la conduire à Hanna.

Si la police et le FBI n'avaient rien trouvé au sujet de la disparition, cela ne la dérangeait pas. N'avait-elle pas découvert bien plus d'éléments que les autorités compétentes ? Elle se convaiquit qu'Hanna vivait encore, c'était toujours ça.

Mais il faisait froid.

Le soir commençait à tomber. Jessica se secoua un peu et se leva. Il lui fallait continuer.

On la chercherait dans ces bois, elle le savait à coup sûr. Elle devait absolument tout faire pour leur échapper.

Elle marcha en s'enfonçant dans le sol mousseux et humide ; des branches sèches craquaient sous ses pas, faisant un bruit qui devait s'entendre même de loin. Mais rien ne bougeait encore.

L'hélicoptère ne s'était plus montré depuis quelques heures. Jessica en était soulagée.

Elle se dit qu'ils avaient peut-être poursuivi leurs recherches dans une toute autre direction ou que la police avait interrompu les opérations pour la soirée, avec l'idée de recommencer le lendemain.

Cela lui donnait l'occasion d'avancer rapidement et sans entraves, sauf qu'elle ignorait où sa fuite l'avait entraînée. Où se trouvait-elle ? S'était-elle complètement trompée de direction ?

Elle tenta de trouver le plus vite possible un chemin ou, mieux encore, une route. Là, elle verrait sûrement un panneau qui lui indiquerait sa position.

Tout ce qu'elle savait, c'est que Calgary se trouvait au Canada, à environ cent soixante kilomètres de la frontière.

Jessica avait faim et soif. Son sac à dos ne contenait pas de nourriture. Son visage était encore maculé de sang séché et ses vêtements étaient déchirés et sales.

Elle continua sa course à travers la forêt. Elle entendait le cri des oiseaux de nuit et, tout autour d'elle, des craquements et des bruissements.

Pour dominer sa peur, elle concentra ses pensées sur son seul objectif, retrouver Hanna.

En se frayant un passage à travers les fourrés, elle s'écorcha à nouveau le visage et les bras.

Comme il faisait de plus en plus sombre, Jessica voulut se trouver un endroit pour dormir. Elle savait qu'il était dangereux de poursuivre dans l'obscurité, alors qu'elle était mal équipée, sans lampe de poche ni boussole.

Elle parcourut donc encore quelques mètres jusqu'en haut d'une butte et chercha un endroit plat et sec.

Elle s'installa entre un arbre abattu et un buisson assez épais pour la protéger d'éventuelles attaques d'animaux sauvages durant la nuit.

Elle posa son sac à dos et l'arrangea de manière à s'en faire un oreiller.

Autour d'elle, la forêt était pleine de vie et de bruits. Mais elle n'avait plus peur. Comme si une puissance mystérieuse voulait la protéger et qu'une main invisible repoussait les dangers éventuels.

Jessica était épuisée. Elle regarda le ciel qui, en plusieurs endroits, scintillait à travers les cimes des arbres.

Environ trois heures plus tard, elle ouvrit soudain les yeux, alertée par le bruit d'une voiture qui semblait passer non loin de l'endroit où elle se trouvait.

— Une route ! murmura-t-elle.

Elle se redressa lentement. Elle n'avait pas l'habitude de dormir sur un sol dur et se sentait raide. Tout son corps lui faisait mal partout de nouveau. L'accident de la veille avait causé des blessures qui se faisaient bien sentir maintenant que l'effet de choc avait disparu.

Les arbres bruissaient, et les écouter la calmait. Jessica avait imaginé un nouveau plan.

Elle prit son sac à dos. Comme la pleine Lune était pour bientôt, une faible lumière lui permettait de distinguer au moins les gros troncs d'arbres.

Jessica trébucha plusieurs fois et tomba sur le sol humide. Mais elle se relevait toujours, en essuyant ses mains recouvertes de terre sur ses vêtements.

Durant quelques minutes, elle marcha vers l'endroit d'où était provenu le bruit de la voiture. Et soudain, elle se retrouva hors de la forêt, sur une route secondaire goudronnée. Mais elle ignorait quelle direction prendre.

Elle décida de se fier à son instinct et d'avancer vers la droite.

Elle avait replacé son sac à dos sur ses épaules, mais les courroies étaient si abîmées qu'elles risquaient se rompre à tout moment.

En marchant dans l'obscurité, elle remarqua du côté gauche de la route un petit ruisseau qui coulait entre les rochers, et dont le filet se déversait dans un canal au-dessous de la route. Celui-ci ressortait de l'autre côté et l'eau continuait à couler plus bas.

Jessica traversa la route déserte. Sans se débarrasser de son sac à dos, elle s'agenouilla au bord du ruisseau et tendit les mains vers l'eau glacée. Elle les plongea lentement et les porta à ses lèvres pour boire.

— Aïe ! cria-t-elle au contact de sa bouche et du liquide.

Seul le vent emporta sa plainte dans la nuit. Elle avait les lèvres enflées, avec des blessures qui s'étaient infectées. Mais qu'étaient ces douleurs comparées aux tourments qui torturaient son âme depuis son enfance ?

Jessica puisa encore un peu d'eau et essuya son visage du mieux qu'elle put, et elle avala de grandes gorgées.

Au bout d'un certain temps, le silence s'interrompit. Elle entendit au loin un véhicule qui s'approchait. Bandant tous ses muscles, Jessica se prépara à disparaître à nouveau dans les bois. C'était peut-être la police.

Après quelques secondes, elle reconnut que ce n'était sans doute pas une camionnette, mais plutôt un gros camion. Une lueur apparut au bout de la route.

Jessica se précipita de l'autre côté et se cacha. Elle ne tenait pas du tout à être vue et attrapée. Puis elle se dit soudain qu'elle pourrait peut-être s'informer sur le chemin le plus rapide jusqu'à Calgary. Cela lui ferait gagner beaucoup de temps.

Elle décida de courir le risque et d'arrêter le camion. Le poids lourd se rapprochait à une vitesse qui semblait dépasser les limites. Mais qui s'en souciait en plein milieu de la nuit ?

Jessica s'extirpa des broussailles dans lesquelles elle s'était cachée et attendit au bord de la route. Les phares l'aveuglaient.

Le camion se rapprocha rapidement et ne donna aucun signe de vouloir s'arrêter. Le conducteur ne sembla pas du tout remarquer sa présence. Au contraire, il poursuivit sa route.

Jessica resta plantée là et le regarda passer. Sous l'effet du brusque courant d'air provoqué par son passage, ses cheveux courts et sales se soulevèrent.

À hauteur des feux arrière, elle reconnut quelques autocollants. L'un d'eux portait la marque d'un fabricant d'alcool. On la retrouvait également sur le côté du camion.

Des larmes jaillirent des yeux de Jessica. Le chauffeur du camion ne l'avait tout simplement pas vue. Alors qu'elle se remettait en route, elle entendit des bruits de frein qui indiquaient qu'il s'arrêtait un peu plus loin.

— Il m'a vue ! murmura-t-elle, toute joyeuse.

Jessica accéléra le pas. Elle n'avait pas peur. « Un camion ne peut pas être de la police », pensa-t-elle.

Lorsqu'elle arriva tout près, la porte du passager s'ouvrit depuis l'intérieur. Jessica s'en approcha. Une musique de jazz surgit de la cabine du conducteur.

Un homme de couleur y était assis. Il paraissait avoir environ cinquante ans et affichait un gros ventre.

— Hé ! Où vas-tu ? demanda-t-il d'une voix rauque.

Jessica resta en bas, devant la portière du camion.

— Peux-tu m'indiquer la route de Calgary ?

Elle devait presque crier, car la musique était forte et résonnait dans le bois. L'homme la regarda et tourna un bouton pour diminuer le volume.

Jessica répéta sa question

— Calgary ? dit l'homme.

— Je dois livrer quelque chose là-bas. Ça doit arriver ce matin, le plus vite possible.

Jessica le regarda.

— Monte. Je t'emmène tout près de la ville, l'entrepôt se trouve un peu à l'extérieur.

— Non, non, je voulais seulement demander la route, répondit-elle.

— Viens donc ! Je ne mords pas. C'est ridicule de courir la nuit comme ça. Tu sais, la prochaine fois, tu pourrais tomber sur quelqu'un avec de mauvaises intentions...

Jessica secoua à nouveau la tête et voulut refermer la portière. L'homme la maintint ouverte :

— Écoute-moi, je ne te ferai rien et je ne dirai rien si tu as fait une fugue et que la police te recherche, comme ça a l'air d'être le cas.

Jessica jeta un coup d'œil sur ses propres vêtements et le regarda d'un air suppliant. L'homme prit un air sérieux et examina Jessica des pieds à la tête. Son regard indiqua qu'il l'avait comprise.

— Allez, viens ! C'est moche de voyager seul, sans conversation. Ici, tu peux te réchauffer, et au moins tu arriveras à coup sûr là où tu veux aller.

Quelque chose de rassurant émanait de lui. Jessica reprit confiance. Tenant toujours la poignée de la portière, elle réfléchit brièvement. Puis, elle monta.

L'homme de couleur au physique rebondi était visiblement content d'avoir réussi à la convaincre.

— Je promets de ne pas te demander pourquoi tu es ici, O.K. ?

Jessica sembla accepter.

— Je m'appelle Jack, dit-il.

— Jack ! répéta-t-elle, surprise.

Puis elle détourna la tête et regarda par la fenêtre. Jack comprit qu'elle ne voulait pas parler. Avec un petit sourire aux lèvres, il se réinstalla face au volant et embraya.

Le mastodonte s'ébranla lentement, puis prit de la vitesse et attaqua la route raide et sinueuse qui menait à Calgary.

Jessica essayait de distinguer ce qui se cachait au delà de la route. Mais tout semblait se noyer dans l'obscurité.

Ses yeux devinrent de plus en plus lourds. Il faisait chaud dans la cabine. Elle ferma les yeux et s'endormit. Sa tête s'inclina peu à peu sur le côté. Jack se tourna vers elle et la regarda avec affection.

Derrière son siège, il prit une petite couverture tricotée à la main. Après l'avoir dépliée d'une main, il la posa sur les genoux de Jessica.

Puis, il se concentra à nouveau sur la route sombre qui traversait des forêts épaisses. La lumière des phares se reflétait sur les arbres.

Jessica dormait si profondément qu'elle ne remarqua rien des mouvements de Jack. Elle murmura une phrase inintelligible dans son sommeil.

« Et voilà pour la conversation, » se dit Jack en souriant.

Elle fuyait quelque chose, il en était sûr. Lui-même savait trop bien ce que c'était d'être poursuivi, et parfois uniquement à cause de la couleur de sa peau.

Chapitre 15

Elle se réveilla, dès l'aube, le visage baigné de lumière par les premiers rayons de soleil qui passaient à travers du pare-brise du camion. Jessica cligna des yeux et mit ses mains devant son visage. En apercevant la couverture sur ses genoux, elle la poussa sur le côté et supposa que c'était Jack qui l'avait posée sur elle. Mais il n'était plus dans sa cabine. Tout était très tranquille.

Elle se demanda pourquoi le moteur était arrêté et qu’elle n'entendait plus de musique. Étaient-ils déjà arrivés ?

Elle regarda par la fenêtre et constata qu'ils se trouvaient sur une aire de repos. Il y avait beaucoup d'autres camions. Jessica s'assura immédiatement qu'elle avait encore son sac à dos.

Aucun problème, il ne manquait rien. Le sac se trouvait à côté d'elle, sur le large siège du camion.

Alors qu'elle cherchait Jack du regard, la porte du conducteur s'ouvrit et il apparut tenant deux gobelets et un sac sous le bras. Ce n'est qu'à grand-peine qu'il était parvenu à ouvrir la porte, en la poussant du coude.

Jessica se pencha vers lui pour le débarrasser.

— Alors, la petite demoiselle est réveillée, dit Jack, manifestement surpris de la voir si pleine d'entrain.

Il tendit les deux gobelets à Jessica et se hissa sur le siège du conducteur.

— Merci, dit-il en déposant le sac en papier sur la plage avant du véhicule.

Il ramena vers lui la lourde portière qui se referma en claquant. Il prit l'un des gobelets que Jessica tenait toujours et lui sourit.

— L'autre est pour toi. C'est du café, dit Jack.

Jessica était un peu troublée, mais quand elle l'entendit prononcer le mot « café », elle n'hésita plus une seconde. Lorsqu'elle ôta le petit couvercle en plastique, une odeur aromatique et une vapeur chaude envahirent ses narines. Elle prit une première gorgée et la laissa couler dans sa gorge.

— Merci, murmura-t-elle, en continuant à boire à petites gorgées.

Jack avait déjà avalé la moitié de son gobelet. De sa main libre, il saisit le sac en papier et le tendit à Jessica :

— Voilà quelques sandwiches.

Jessica le regarda d'un air interrogateur. Il l'encouragea de la tête. Après avoir mis son gobelet de café sur le côté, elle accepta le sac et y prit un sandwich à la viande.

— Vous êtes gentil ! dit-elle, en mordant dedans avec appétit.

Jack se mit à rire à mi-voix. Il reprit le sac et choisit un sandwich au fromage et à la tomate.

— Où sommes-nous ? demanda Jessica tout en mastiquant.

— Nous sommes encore à cent quatre-vingts kilomètres environ de Calgary, répondit Jack. Il nous reste encore deux heures de route au moins.

Tous deux terminèrent leur sandwich en trempant quelques morceaux dans leur café. Ce qui faisait toujours sourire un peu Jack.

— Donc, moi c'est Jack, dit-il. Hier, nous n'avons pas eu le temps de faire les présentations. Aujourd'hui, tu sembles aller mieux.

— Jessica, répondit-elle brièvement. Quand repartons-nous ?

— Tout de suite, si tu veux.

Jack se remit à rire et tourna la clé de contact. Le moteur commença à vrombir.

Jessica ne put pas s'empêcher de lui sourire. Il était si rayonnant et bienveillant qu'elle se sentait tout simplement bien près de lui.

Le camion s'ébranla. Après s'être éloigné de l'aire de repos, il s'engagea sur la route. Autour d'eux, rien ne bougeait, à part un panneau routier sous l'effet du courant d'air provoqué par son passage.

— Pourquoi veux-tu aller précisément à Calgary ? demanda Jack tout en introduisant une cassette dans le magnétophone.

Une musique de jazz envahit à nouveau l'habitacle. Lorsqu'il regarda Jessica, il comprit ce qui se passait dans sa tête. Dans ses yeux plissés se lisait un sentiment de méfiance.

— Je ne dirai rien, promis !

— Je suis partie à la recherche de ma sœur, confia-t-elle après quelques secondes d'hésitation.

— Tu cherches ta sœur ? À Calgary ? répéta Jack. Je comprends. Tu as fait comme moi quand j'étais plus jeune, tu as fait une fugue et...

— Non, l'interrompit brutalement Jessica.

Détournant la tête, elle fit semblant de s'intéresser à ce qui se passait dehors et observa les arbres défilant sous sa fenêtre. À part quelques animaux, la route était presque déserte à cette heure. Ils croisaient, de temps en temps, un véhicule.

— Je peux peut-être t'aider, essaya patiemment Jack. Je ne connais pas tout à Calgary, mais je m'y retrouve quand même assez bien.

Jack lui jeta un bref coup d'œil, puis se concentra à nouveau sur la route. On voyait à sa tête qu'il ne voulait pas irriter la jeune fille.

— Ma sœur a été enlevée il y a onze ans, expliqua Jessica.

Jack éteignit soudain la musique et tout devint muet dans la cabine, comme une invitation aux confidences. On n'entendait plus que le vrombissement du moteur.

— Que dis-tu là ? demanda-t-il, visiblement choqué.

Jessica prit son temps pour répondre.

— Tout le monde a cru qu'elle était morte.

Elle avala sa salive et garda obstinément les yeux fixés sur la route.

— Et maintenant, tu penses qu'elle se trouve là-bas ? demanda doucement Jack.

Il sentait qu'elle ne demandait pas mieux que de partager ses soucis et son chagrin avec quelqu'un.

Elle ne le regardait toujours pas, mais fixait le paysage devant elle. Puis, elle acquiesça.

— Et comment ça ? questionna-t-il.

— Dans Internet, j'ai reçu une image d'elle. C'était une ancienne photo, mais la personne qui me l'a envoyée m'a mise sur la piste...

— ...qui te mène à Calgary ? ajouta Jack.

Jessica acquiesça à nouveau, puis le regarda brièvement.

— Je ne veux pas que la police s'en mêle !

Jack approuva avec la tête.

— Je comprends... De toute façon, ils ne s'occupent que de choses sans importance.

Lorsqu'il fixa de nouveau son regard sur la route, Jessica était un peu déconcertée. Elle n'avait pas tout de suite saisi ce qu'il voulait dire.

— Elle a été enlevée par des trafiquants de chair humaine, qui tournent des films pornos avec des enfants...

— Oh non ! gémit Jack très bas, tout en continuant à l'écouter. Comme s'il voulait lui dire : « Laisse tout ça sortir, Jessica ! »

— Et maintenant la police te recherche parce que tu es partie de chez toi ?

— Plus ou moins ça, oui.

Jack semblait deviner son histoire et, pour cette raison, il n'interrogea plus Jessica.

Il appuya sur l'accélérateur et poursuivit sa route en direction de Calgary à très grande allure.

***

— C'est trop tôt, nous ne pouvons pas dire quand cette femme sera capable de subir un interrogatoire, dit le médecin à Erig. Elle n'a repris conscience que depuis quelques minutes. Elle souffre de blessures internes graves et elle se trouve encore dans un état critique.

— Je comprends, répondit Erig. Peut-être demain, alors ?

Le médecin haussa les épaules.

— Vous comprenez, je suis à la recherche d'une jeune fille, et cette patiente est la seule à pouvoir nous aider. La jeune fille est en grand danger ! dit Erig, dans l'espoir de rendre le médecin plus conciliant.

— Je suis désolé, mais cette patiente n'est pas encore en état de subir un interrogatoire, répéta le médecin d'un air imperturbable. Nous pourrons peut-être faire quelque chose dans quelques heures, mais je ne peux rien vous promettre.

Erig le regarda dans les yeux et acquiesça. Ensuite, il prit congé et quitta l'hôpital.

Dehors, son « nouvel associé », Maurin, l'attendait dans la voiture. Erig y prit place et lui donna les dernières informations. Puis, ils se mirent en route.

***

Lorsqu'ils eurent enfin atteint leur but, Jack arrêta le camion pour permettre à Jessica de descendre. Il avait bien calculé la durée du trajet.

Au moment où Jessica avait ouvert la portière et commençait à descendre, elle se tourna vers Jack.

— Merci ! dit-elle chaleureusement.

Pendant qu'elle descendait les dernières marches, Jack lui dit soudain :

— Bonne chance dans ta recherche, Jessica !

Elle sauta depuis la dernière marche et se retrouva sur le bord de la chaussée.

— Au fait, comment s'appelle-t-elle ?

Après avoir remis son sac devenu très sale sur son dos, Jessica se tourna vers lui et répondit :

— Ma sœur s'appelle Hanna… Hanna Viner.

L'homme secoua la tête et pensa, plein d'espoir. « Puisses-tu la retrouver ! »

Jessica referma la lourde portière du camion et recula de quelques pas. L'imposant véhicule démarra et réintégra la circulation.

Jessica traversa la route et resta longtemps immobile. Elle jeta un coup d'œil sur les maisons qui l'entouraient et tenta de s'orienter. Ensuite, elle se dirigea vers un arrêt d'autobus et examina le plan de la ville.

De son côté, Jack replaça sa cassette de jazz. Augmentant le volume, il se mit à osciller au rythme de la chanson. Mais quelque chose l'empêchait de se laisser aller à la joie et il éteignit la musique. Ses pensées le ramenaient toujours vers Jessica.

Il fallut plusieurs minutes à Jessica pour se faire une image précise de la ville. Elle suivit la rue qui devait la conduire au centre-ville, selon le plan. Elle aboutit à des rues très larges où les voitures circulaient sur quatre voies dans chaque sens. Cette entrée de la ville se présentait comme une flèche menant à quelques hauts immeubles. Il n'y avait pas autant de gratte-ciel qu'à Seattle, aux États-Unis, mais elle se voyait bien y vivre. Si seulement il n'y avait pas cette recherche désespérée…

L'énervement se lisait sur le visage de Jessica. Ses attentes étaient immenses et sa quête ressemblait à la recherche d'une aiguille dans une botte de foin. Elle espérait au moins qu'elle cherchait au bon endroit. Et elle se sentait très tendue.

Elle pensait à tout ce qui s'était passé, à cet enchaînement d'événements bizarres. Ses chances étaient infimes, mais elle s'y accrochait et, surtout, elle croyait pouvoir faire quelque chose pour sa sœur après toutes ces années.

Jessica se dirigea vers le centre-ville. Entre les maisons et les gratte-ciel, elle repéra déjà les premières maisons closes. Des enseignes lumineuses accrocheuses et des vitrines décorées de couleurs vives indiquaient l'entrée de salons, mais surtout de bars et de boîtes de nuit.

Jessica s'arrêta devant le premier établissement. Elle examina les photographies et les publicités dans les vitrines qui cherchaient toutes à accrocher les hommes. Il semblait y avoir une forte concurrence. Elle se rendit compte que le commerce du sexe avait besoin d'un marketing aussi bon voire meilleur que les autres secteurs commerciaux.

À cette heure matinale, il y avait quelques femmes dans les rues, encore occupées à faire le trottoir ou elles venaient de commencer. Mais elles semblaient complètement sous l'emprise de drogues ou d'autres substances, car elles titubaient sur leurs hauts talons et avaient un regard inexpressif.

Personne ne faisait attention à Jessica, ce qui l'arrangeait bien. Elle voulut entrer dans la boîte de nuit, mais la porte était fermée.

Elle comprit bien qu'il était encore trop tôt pour continuer sa recherche dans ces établissements. En effet, selon son plan, elle devait visiter plusieurs bars et boîtes de nuit et y questionner les gens sur sa sœur.

Jessica se rendit dans un café tout proche, déjà ouvert. Quelques couche-tard y étaient encore installés pour consommer quelque chose. Elle s'assit à l'une des nombreuses places inoccupées et attendit qu'on la serve.

Jessica savait exactement comment elle voulait procéder. Les boîtes de nuit n'allaient pas tarder à s'ouvrir. Elle avait aussi l'intention de demander à toutes les prostituées si, par hasard, elles connaissaient sa sœur. Après le petit-déjeuner dans ce café, sa recherche d'Hanna allait enfin débuter.

Il fallut presque une demi-heure à Jack pour atteindre sa destination. À l'encontre de ses habitudes, tout était tranquille autour de lui, à l'exception du ronronnement du moteur.

Il réfléchissait. Quelque chose le tarabustait. Il n'arrêtait pas de penser à Jessica et à la situation infernale dans laquelle il craignait qu'elle s'enfonce.

Jack amena son véhicule jusqu'à l'emplacement qui lui était réservé. Quelques hommes étaient là, prêts à l'aider à décharger les marchandises. Sa livraison était visiblement attendue.

Jack éteignit le moteur et descendit. Il retira les documents glissés à l'intérieur de la portière et la referma.

L'un des hommes, qui dirigeait le déchargement, s'approcha de Jack et le salua. Jack tendit les documents et lui fit comprendre par un geste qu'il allait passer les prochaines minutes dans le restaurant de routiers qui se trouvait en face. Jack s'éloigna.

L'intérieur du restaurant était décoré de bois sombre. Ça sentait un peu le renfermé. Sur le plancher en linoléum, il y avait quelques chaises en bois et des tables couvertes de plastique rouge vif dont la seule décoration était les menus recouverts eux aussi de plastique. Il y avait de la musique country comme fond sonore. Quelques camionneurs étaient assis devant une grande tasse de café. D'autres fumaient et lisaient le journal. Lorsqu'il entra, Jack fut salué par un bref regard et un petit signe.

Jack s'assit à une table vide et il plaça sa commande. Tout en ruminant, il sortit de son portefeuille une photographie depuis longtemps oubliée. Après une bonne demi-heure, il donna un coup sur la table. Il venait de prendre une décision importante.

— L'addition ! cria-t-il au propriétaire du bistrot, en prenant un porte-monnaie dans la poche de sa chemise.

Il déposa quelques pièces sur la table et demanda :

— Bill, je peux t'emprunter ton auto pour aller en ville ?

— Bien sûr. Combien de temps ? s'enquit-il.

— Une demi-journée, je pense, répondit Jack.

— Ha, ha ! Tu en as vraiment besoin, pas vrai ? ricana Bill en lui tendant les clés de sa voiture.

Jack ne dit rien, se leva et quitta rapidement les lieux.

La boîte de nuit *Bunny-Fun* venait d'ouvrir. L'endroit ne payait pas de mine, mais il était facilement reconnaissable à son enseigne lumineuse arborant un lapin accroupi. Lorsque Jack entra, quelques-unes des filles le saluèrent par son nom ; l'air déjà fatigué, elles étaient accoudées au bar et buvaient de l'alcool.

Jack se dirigea vers le bar et s'installa sur un tabouret à côté d'elles.

— Allô ! mes chéries, commença-t-il. Dites donc, Rodolfo est-il là ?

— Oui, je suis ici... Jack, mon copain noir ! répondit quelqu'un depuis un coin de la pièce. Déjà là si tôt ?

Jack se retourna. Derrière lui, se trouvait une petite table ronde, un peu dans l'ombre. À côté de Rodolfo, une fille assise semblait s'amuser en sa compagnie.

Jack se leva et se dirigea vers eux.

— Assieds-toi, mon ami, lui enjoignit Rodolfo en montrant la chaise à côté de lui. Alors, pour laquelle t'es-tu décidé ce matin ?

Jack déclina son offre avec un sourire poli et s'assit.

— Pas maintenant, Rodolfo.

Rodolfo le regarda d'un air un peu déçu. Mais avant qu'il ait le temps de demander à Jack ce qui l'amenait, celui-ci lui dit :

— Je cherche une femme qui fait sans doute le trottoir dans cette ville. Peux-tu me faire une faveur et m'aider à découvrir où elle travaille ?

Rodolfo avala sa salive.

— Jack... Jack qu'est-ce que tu me demandes là ?

Il se pencha un peu en avant et se rapprocha de lui.

— Jack, mon ami noir, commença-t-il en posant son bras gauche sur la table, tu me prends pour un débile ? Moi aussi, j'ai des filles à vendre. Ça va nuire à mon commerce... Tsss !

Rodolfo émit un rire gras, il fut aussitôt imité par la femme près de lui qui lui caressait le bras.

— Tais-toi, idiote ! aboya Rodolfo.

Elle encaissa l'ordre sans broncher, se tut et continua à le caresser.

— Écoute bien, Rodolfo. Je te demande ça parce que je suis ton ami et un de tes vieux clients. Je ne veux pas l'épouser, juste savoir où elle se trouve, O.K. ?

— Non, non, j'ai une profession à défendre... Du reste, je ne sais même pas si mes antennes sont suffisamment grandes pour t'aider, Jack.

Il leva haut les sourcils et secoua sa tête.

— Enfin, Rodolfo, je resterai un de tes clients fidèles, je te le promets. Mais je veux la trouver, avec ton aide ou celle de quelqu'un d'autre. Fais-moi ce plaisir !

Tout devint très tranquille autour de la table. Soudain, on entendit de la musique provenant des chambres. Imperturbables, les deux hommes ne bronchèrent pas. La seule qui tressaillit fut la femme, mais elle continua à caresser le bras droit de Rodolfo.

— Je te revaudrais cela ! ajouta Jack, lorsqu'il sentit que ses chances augmentaient.

— Pourquoi diable, cherches-tu une pute ailleurs ? Il n'y a pas assez de jolies poules ici ? se plaignit de nouveau Rodolfo.

— C'est mon affaire ! Aide-moi ou laisse tomber, dit Jack d'un ton qui laissait entendre à Rodolfo qu'il pourrait y avoir des conséquences fâcheuses pour lui.

Alors que Jack faisait mine de partir, Rodolfo l'attrapa par le bras.

— C'est quoi ton intérêt ? demanda-t-il brusquement.

Jack se rassit et respira un bon coup.

— Il n'y a pas de police derrière tout ça ?... demanda Rodolfo pour se rassurer.

Jack secoua la tête.

— Une affaire purement privée, répondit-il.

— Quand même, où est ton intérêt ?

Jack haussa les épaules.

— Écoute, je fais partie de tes clients les plus fidèles, répéta-t-il, pour limiter d'entrée de jeu le montant qui allait être discuté.

— Jack... Je risque ma réputation, et ceci pourrait me nuire dans cette ville. C'est si vite arrivé... disons deux mille ?

Jack sortit de sa poche une petite enveloppe.

— C'est à ton avantage, quand on dérange la concurrence, non ? répondit Jack en le regardant dans les yeux.

Rodolfo laissa tomber son bras et s'enfonça dans son siège.

— Je te donne quatre cents comptant maintenant, puis encore quatre cents, si tu réussis, O.K. ? proposa Jack.

Rodolfo sembla réfléchir.

— Disons, six cents dollars, si tu réussis, renchérit Jack pour achever de le persuader.

— Parfait ! dit Rodolfo. Six cents maintenant, et le reste si je réussis. Ça ira comme ça.

Jack inspira profondément.

— Tu peux me faire confiance, Jack. Est-ce que je t'ai déjà laissé tomber ? Évidemment, ça va prendre un peu de temps, soit un jour ou deux peut-être. D'accord ?

Jack se leva et lança sur la table les six cents dollars exigés, en billets. Rodolfo ricana et se leva aussi. Ils se serrèrent la main.

— Quel est son nom ?

— Elle s'appelle Hanna Viner.

— Hanna... Viner... Voyons, cela ne me dit rien pour le moment, répondit Rodolfo. Je vais voir ce que je peux faire.

— Je sais. Merci !

— Jack, tu ne veux pas en profiter pour t'offrir un tête-à-tête galant ?

Jack refusa en remerciant et se dirigea vers la sortie. Ses dollars en main, Rodolfo lui lança encore un signe et se rassit pour se consacrer à nouveau à sa copine.

Pendant que Jack quittait les lieux, la femme ne le lâcha pas du regard.

CHAPITRE 16

L'après-midi était déjà bien avancée.

Jessica interrogeait sans relâche les prostituées de la rue. Elle leur demandait si elles connaissaient une certaine « Hanna Viner », « Hanna », ou si elles avaient entendu parler d'elle.

Mais ces longues heures de recherches et de patients interrogatoires mettaient ses nerfs à rude épreuve. Chaque fois, elle déployait toute son énergie pour tenter de transformer le presque impossible en possible. Elle espérait au moins trouver une piste.

Il lui arriva de rencontrer une femme un peu plus âgée qui lui dit qu'elle était Hanna. Mais il devenait vite évident qu'elle ne voulait que lui vendre son corps.

Parmi la centaine de femmes que Jessica questionna pendant toute cette journée-là, beaucoup étaient plutôt irritées. Certaines croyaient qu'elle travaillait avec la police, tandis que d'autres la prenaient pour une nouvelle concurrente. Mais, contre toute attente, la plupart d'entre elles se montrèrent bienveillantes.

Elles réagissaient d'abord avec crainte ou agacement, puis après avoir parlé un peu, elles s'animaient et tentaient d'aider Jessica.

Ses efforts restèrent d'abord sans succès, il n'y avait pas la moindre trace de sa sœur. Plus d'une fois, on l'envoya d'un bout à l'autre de la rue. Jusqu'ici, elle avait déjà rencontré deux femmes s'appelant Hanna ou disant se nommer ainsi. Mais aucune des deux ne présentait la moindre ressemblance avec la jeune fille disparue onze ans plus tôt.

Les nombreuses heures que Jessica passa dans la rue ne donnaient aucun résultat. Mais elle continuait à déambuler dans le quartier, sous le nez des filles attendant leur prochain client.

Perdant peu à peu courage, Jessica se demanda si cela valait la peine de faire tous ces efforts. C'était très décourageant, humiliant et ça ne fonctionnait même pas.

Vers la fin de la journée, Jessica interrogea encore cinq femmes dont le service venait de commencer dans cette partie-là de la rue. Aucune ne connaissait Hanna.

Après s'être quelque peu éloignée de la rue principale, Jessica erra quelques minutes sans but dans le quartier et sortit son portable de son sac. Elle avait envie de parler à Martin, pour se donner un peu de courage et se confier à quelqu'un. Mais la pile était toujours à plat.

Malheureuse et déprimée, elle restait là et ne savait plus quoi faire. Elle était sur le point de tout laisser tomber. Jessica songea à renoncer alors qu'elle avait été prête à tout donner... Et avait déjà tant donné.

Jessica tentait désespérément de contenir son chagrin. C'était trop douloureux, elle n'y arriva pas. Des larmes jaillirent.

Soudain, elle aperçut de l'autre côté de la rue un édifice dans lequel elle n'avait plus remis les pieds depuis l'enfance.

— Une église, murmura-t-elle.

Les yeux voilés, elle se dirigea vers l'entrée et s'arrêta devant la porte. Elle saisit la poignée et entra.

À l'intérieur, il faisait agréablement frais. Les murs blancs et sobres étaient décorés de nombreuses images chrétiennes. Près de l'autel, il y avait des crucifix et des images de la Vierge et de l'Enfant Jésus.

Elle compta au moins vingt rangées de bancs alignés les uns derrière les autres. Mais l'église était vide. Les murs lui renvoyaient l'écho de ses propres pas.

Elle s'assit dans la deuxième rangée et contempla une sculpture représentant la Vierge serrant étroitement son Fils dans ses bras. À la vue de cette statue blanche, Jessica sentit soudain que Marie la prenait sous sa protection comme le petit enfant.

Elle baissa la tête et se remémora tous les événements qui s'étaient enchaînés depuis quelques jours. Lorsqu'elle repensa au grave accident, à la mort possible de Sarah, ainsi qu'à la souffrance de ses parents, de sa sœur Marlène, Jessica recommença à pleurer. Songeant à Hanna, elle se demandait sans cesse pourquoi sa sœur était à ce point importante dans sa vie qu'elle était prête à parcourir le monde pour la retrouver. À ce moment, elle pensa détenir une partie de la réponse.

Jessica reconnut son sentiment de culpabilité parce qu'elle n'avait pas saisi l'importance de la situation lorsqu'on s'attaquait à sa sœur et qu'elle se trouvait assise dans la voiture d'enfant. Elle n'avait même pas regardé vers l'arrière lorsque la poussette avait soudain pris de la vitesse.

Oui ! Maintenant, elle savait exactement pourquoi elle voulait tellement se battre pour retrouver sa sœur portée disparue... et toujours considérée morte jusqu'à aujourd'hui peut-être.

Jessica versa encore plus de larmes.

— Oh ! mon Dieu, dit-elle tout bas, alors qu'elle criait ces mots intérieurement. Mon Dieu, je t'en prie, il y a des années, je t'ai supplié. Aujourd'hui, je te le demande encore ici dans cette église, aide-moi. Aide-moi à retrouver la foi en toi !

Puis, elle prit une profonde inspiration et murmura :

— Je veux juste savoir si Hanna vit encore. Seule, je n'y arrive pas. C'est impossible de questionner toutes ces femmes. Peut-être qu'Hanna ne se trouve même pas dans cette ville. Dis-moi, est-elle morte ?

Elle enfouit son visage dans ses mains. Le bruit de ses sanglots résonnait dans toute l'église. Derrière elle, une porte grinça et claqua en se refermant. Un homme se tenait dans l'embrasure.

Jessica releva la tête et se hâta d'essuyer les larmes sur son visage. Qui venait la déranger à cet instant précis ?

Elle ne remarqua pas l'homme tout de suite, car il se tenait dans l'ombre. Il aurait presque pu passer inaperçu. Ce n'est que lorsqu'il s'approcha d'elle que Jessica reconnut l'homme noir avec son petit bedon.

— Jack ! murmura-t-elle.

Il s'avança dans la nef centrale et, sans dire un mot, vint s'asseoir juste à côté d'elle. Elle comprit que lui aussi recherchait la paix de cet endroit. Il ne regarda même pas Jessica et, tranquille, il demeura assis.

Au bout d'un moment, il dit :

— Ça fait très longtemps...

Son regard était toujours tourné vers les vitraux colorés et les sculptures religieuses. Jessica dressa l'oreille.

— Ça fait des années. De nombreuses années que je n'étais pas venu dans un endroit comme celui-ci.

Il poussa un profond soupir.

— C'était la fille de nos voisins, elle s'appelait Clarissa... Enfants, on jouait souvent ensemble.

Surprise, Jessica se redressa et le regarda. Jack poursuivit sans attendre qu'elle le questionne.

— Elle a été victime d'un attentat raciste, il y a plus de quarante-cinq ans de cela. Ils ont commencé par la suivre, puis...

Des larmes jaillirent de ses yeux. Mais il continuait à fixer la statue devant lui.

— Puis, ils ont commencé à la maltraiter. Petit, j'ai passé beaucoup de temps à la chercher, jusqu'à ce que je comprenne après un certain temps qu'elle ne reviendrait plus jamais.

Jack essuya ses larmes avec la paume de ses mains.

— Il y avait longtemps que je n'avais plus pensé à elle. Ton arrivée a réveillé en moi tous ces souvenirs. Tu me l'as ramenés et, avec elle, toute la douleur. Ton histoire me rappelle beaucoup ce qui est arrivé à Clarissa, à l'époque.

Les larmes coulèrent en abondance sur sa peau sombre et ridée. Jessica plongea son regard dans le sien.

En ce moment précis, ils se comprenaient et savaient qu'ils étaient blessés tous les deux. On avait dépouillé leur âme.

Ils se serrèrent dans les bras l'un de l'autre, sans ajouter un mot. Pleurer leur désespoir, leur colère et s'étreindre pour se consoler, c'était désormais tout ce qui restait à ces deux êtres brisés.

— Je t'ai vue entrer, alors que je passais devant cette église, dit-il avec douceur au bout d'un moment. Je t'ai cherchée partout... Je veux t'aider, ajouta-t-il.

Jessica se dégagea de ses bras et le regarda à son tour. Ses yeux étaient gonflés et son visage était habité par une douleur beaucoup trop écrasante pour son âge.

— Tu ne peux pas m'aider ! Je ne sais même pas comment m'aider moi-même, répondit-elle en posant ses mains sur ses genoux.

Son regard tomba à nouveau sur la statue. Jack regarda dans la même direction.

— Je connais quelqu'un qui connaît parfaitement ce milieu. Avec un peu de chance, il obtiendra peut-être une information.

— Pourquoi fais-tu ça ? demanda Jessica. Est-ce parce que ?...

— ...parce que ce qui est arrivé à Clarissa m'a marqué, oui, répondit Jack en se tournant à nouveau vers elle. Mais c'est aussi parce que je te trouve beaucoup trop jeune pour affronter seule un milieu aussi dangereux. Je te comprends très bien, mais j'ai aussi le sentiment que c'est le destin.

— Le destin ? répéta Jessica.

Jack acquiesça :

— Oui, le destin. Quelque chose me dit que ce n'est pas un pur hasard si je t'ai rencontrée sur la rue. Je ne crois pas au hasard, parfois seulement... Et encore !

Elle le regarda :

— Dis-moi, qui est ce type ?

— Je le connais depuis des années, il a sa propre boîte de nuit... Un bordel, si on veut l'appeler ainsi.

— Ah ! murmura-t-elle, sachant bien ce qu'il voulait dire par là.

Jessica réfléchit très fort. Elle se demandait comment Jack avait pu connaître un homme pareil. De nombreuses explications lui vinrent à l'esprit. Mais elle les rejeta et tenta d'aborder la situation comme une nouvelle opportunité prometteuse. Que Jack soit un client ou non du tenancier de bordel, c'était peu important pour elle. Une seule chose comptait : qu'il puisse l'aider à retrouver sa sœur Hanna.

Jack lui jeta un regard qui disait clairement qu'il comprenait ce qu'elle pensait.

— J'ai parfois été client là-bas.

— Je comprends, l'interrompit Jessica.

— Et quand penses-tu que nous aurons des informations ? Et lesquelles ?

— Ça peut prendre un certain temps, répondit Jack. Il ne nous reste plus qu'à attendre.

***

Erig se tenait devant la porte de la chambre de Sarah. Il attendait que le docteur termine sa visite.

Soudain, son portable retentit.

— Oui ! répondit-il d'un ton un peu agacé.

C'était Cusack, son chef.

— As-tu reçu les documents de Maurin ? questionna Erig.

— Quoi ? Seulement ça ? Pourquoi n'a-t-il pas été plus loin ? demanda-t-il furieux de la réponse de son chef.

— Ah ! bon... Mais moi, j'en aurais fait plus. Surtout qu'il s'intéresse tellement à l'affaire Viner tout d'un coup ! Hum... Je te remercie pour les informations. Je crois que je vais bientôt pouvoir interroger la femme. Ensuite, on verra... D'accord. Salut !

Erig coupa la communication et remit son portable dans sa poche. La porte de la chambre s'ouvrit alors et le médecin en sortit. En hâte, Erig s'avança vers lui.

— Bon. Vous pouvez entrer, mais seulement quelques minutes... Et pas de questions fatigantes, je vous prie. C'est compris ?

Erig acquiesça et le remercia. Puis, il entra. Étendue sur le lit, Sarah semblait endormie. Elle avait la tête et les bras entourés de bandages. Suspendue à un crochet, une de ses jambes était plâtrée. Entre les pansements, on distinguait des tuyaux reliés à divers appareils et à des flacons de perfusion.

Erig s'approcha avec douceur. Le médecin était resté derrière lui, il ne quitta la pièce que lorsque Erig se trouva près du lit. Il referma la porte derrière lui.

Erig regarda Sarah. Elle avait l'air tendre et vulnérable. Il devina que sans les éraflures, les meurtrissures et les bandages, elle devait être très belle. Elle ne fit aucun mouvement. Ses yeux étaient fermés et ses paupières collées.

Erig approcha une chaise du lit. Il s'assit et regarda de nouveau son visage qui n'était qu'à moitié reconnaissable.

— Mon nom est Erig et j'appartiens au FBI, dit-il en baissant rapidement les yeux avant de la regarder à nouveau.

Puis, il posa ses premières questions avec toutes les précautions qui convenaient.

— Jessica court un grand danger... Aidez-nous, s'il vous plaît ! implora-t-il d'un ton cérémonieux.

Il guettait la moindre réaction. Il devait savoir si elle était capable de le comprendre.

Tout d'un coup, il vit frémir ses yeux sous ses paupières presque transparentes. Elle respira profondément, ce qui sembla la faire terriblement souffrir.

— Je vous en prie, dites-moi où Jessica voulait se rendre.

Sarah ouvrit les paupières et cligna des yeux. Elle avait l'air hébété. Le médecin avait dit à Erig qu'elle était sous médication et probablement peu lucide. Elle fit un léger mouvement de la tête, à peine perceptible, pour voir qui lui adressait la parole.

Erig sortit sa carte du FBI et la lui présenta. Mais elle détourna les yeux.

— Écoutez, vous devez nous dire où est Jessica. Je vous en supplie, c'est une question de vie ou de mort. Je ne veux pas qu'il lui arrive quelque chose !

Sarah secoua la tête.

— Maudits flics... C'est de votre faute à vous tous, murmura-t-elle au bout d'un moment.

— Bon Dieu, Jessica n'a que quinze ans.

Sarah se tourna à nouveau vers lui. Cette fois, son regard était clair et plein de mépris.

— Juste le bon âge, n'est-ce pas ?

Sarah essaya de bouger et gémit de douleur.

— Moins de seize ans seulement, c'est ça ? ajouta-t-elle.

Les mots franchissaient ses lèvres lentement et de façon hachurée.

— De quoi parlez-vous ? demanda Erig, qui ne savait pas s'il devait attribuer l'incohérence des paroles de Sarah à la forte dose de médicament qu'on lui avait administré.

Il fronçait les sourcils d'un air interrogateur.

— Vous ne voulez que... Des jeunes filles toutes fraîches ! dit-elle en détournant à nouveau son regard.

Erig ne comprenait toujours pas ce qu'elle disait. Il se redressa légèrement.

— Vous ne comprenez pas ? Je suis de la police. Agent du FBI.

Subitement, Sarah sembla sortir de sa torpeur.

— Qu'est-ce que tu veux, flic ? demanda-t-elle.

Erig voulut profiter du fait que Sarah semblait avoir retrouvé toute sa conscience.

— Je veux protéger Jessica... J'ai besoin de votre aide pour cela. Elle court sans doute un grand danger, toute seule là-bas. Où voulait-elle aller ?

— À la recherche de sa sœur, bredouilla Sarah.

— Je sais, mais où ? Ne l'a-t-elle pas mentionné ? questionna Erig d'une voix douce, mais ferme.

Il savait qu'il devait se dépêcher tant qu'elle semblait avoir toute sa tête.

— Où Jessica voulait-elle aller chercher sa sœur ?

L'épuisement se lisait sur les traits de Sarah. « Elle n'est sans doute pas en état d'être interrogée », pensa Erig. Sarah hésitait un peu :

— ...Cal ... Gary ! souffla-t-elle. Je... lui ai dit qu'elle trouverait là-bas toutes ... Les filles qui ...

Sa tête bascula sur le côté et elle sombra dans un profond sommeil.

Erig se demanda s'il avait bien compris le nom. « Calgary », répéta-t-il à mi-voix, en se parlant à lui-même. Il regarda Sarah, mais elle ne réagissait plus.

Erig secoua la tête. Il était convaincu que c'était le bon nom. Il se leva doucement, prit la main qui reposait sans force au bord du lit et l'effleura doucement. Puis, il s'inclina un peu.

— Merci, nous discuterons en détails plus tard. Au revoir et bon rétablissement ! dit-il tout bas.

Il quitta la pièce.

— Calgary, murmura-t-il pensivement, tout en marchant.

Chapitre 17

Jessica et Jack s'arrêtèrent devant une boîte de nuit. Sur la façade, une enseigne clignotante annonçait « Nouvelles filles ».

Il faisait déjà sombre et partout des panneaux et des annonces publicitaires de toutes les couleurs s'allumaient pour attirer d'éventuels clients. Il régnait une forte animation dans ce quartier. Jessica se rappela qu'elle était venue dans cette rue le matin même.

— Ç'est là, Rodolfo m'a bien décrit les lieux. Nous allons tenter notre chance. D'accord ? demanda Jack.

Jessica hocha la tête et lui rendit son regard.

— Il vaut mieux que j'y aille seul, je me ferai passer pour un client. Toi, attends-moi dans le café en face.

Jessica acquiesça de nouveau.

Elle voulut le questionner sur son plan, mais y renonça. Elle faisait confiance à Jack. Il n'aurait aucun problème à se faire passer pour un client normal.

Jessica s'éloigna et marcha sur le trottoir. Elle voulait traverser la rue en empruntant un passage pour piétons qui se trouvait trois cents mètres plus loin. Elle espérait de tout son cœur que Jack allait réussir.

Il s'approcha de la porte rouge de la boîte de nuit, mais il n'entra qu'après s'être assuré que Jessica se dirigeait vers le café.

Il écarta un rideau en perles de bois et se trouva face à un grand bar. La musique était forte et un peu agressive, mais avec une pointe d'érotisme. Les serveuses étaient de jolies femmes aux seins nus, avec juste une petite étoile ou un petit cœur sur le mamelon pour être conformes à la loi.

Les tabourets du bar étaient tous occupés et presque toutes les petites tables rondes aussi. Jack décida de se présenter au bar. Il ne dut pas attendre longtemps avant qu'un barman arrive pour lui demander ce qu'il désirait.

— Je voudrais commander une bouteille de champagne, du très bon, précisa Jack.

Le barman se réjouit de cette commande, flairant déjà la bonne affaire.

— ... mais je voudrais le boire en compagnie d'une de vos filles. Tu vois ce que je veux dire ? continua-t-il.

Jack le regarda avec insistance. Le barman prit une attitude un peu réservée.

— Écoute-moi bien, dit Jack.

Le barman se pencha tout près de lui. Jack murmura :

— J'ai touché beaucoup d'argent de mon patron.

Il lança un clin d'œil au barman et ricana légèrement. Celui-ci comprit et frappa le comptoir avec sa main.

— Attends ! dit-il en s'éloignant brièvement.

Lorsqu'il revint, il était accompagné d'un garde du corps.

D'apparence soignée, mais très musclé, celui-ci semblait menaçant.

— Venez avec moi, monsieur ! le pria-t-il.

Jack le suivit, sous l'œil attentif du barman. On l'emmena dans une petite salle contiguë. On y voyait des chaises en bois recouvertes de velours autour de tables assorties aux pieds arrondis. Un peu plus loin, trônait un canapé recouvert du même velours. Quoique de style baroque, ces meubles étaient des imitations. Tout comme la lampe sur pied, dont l'abat-jour s'inspirait du style *Tiffany.*

Le garde du corps le conduisit à l'une des quatre tables et invita Jack à s'asseoir où il voulait. À part lui, il n'y avait personne dans la pièce. Tout semblait bien organisé, mais il n'avait aucune idée de ce qui allait suivre.

Debout à côté de lui, le mastodonte attendait. Peu après, un homme et une femme entrèrent par une porte latérale. Après avoir salué leur nouveau client, ils soulignèrent par quelques formules banales la qualité de leur établissement.

— Je suis le gérant, dit l'homme en se présentant. Que pouvons-nous faire pour vous ?

La femme et lui prirent place en face de Jack. L'homme croisa les bras et attendit que Jack prenne la parole.

— Je m'appelle Jack et j'ai un souhait très particulier.

— Eh bien, Jack, commença le patron, nous pouvons tout vous offrir !

— Parfait ! dit Jack, en regardant la dame.

Il se tourna à nouveau vers le gérant.

— Un de mes bons amis m'a révélé que vous avez ici une fille, qui est vraiment... Enfin, je veux dire, qui a vraiment beaucoup de talents. Mon ami m'a dit qu'il avait eu avec elle l'expérience sexuelle de sa vie. Il m'a chaudement recommandé de venir ici, si je passais par Calgary. Alors, me voilà ! Cette femme si douée, je voulais me faire gâter par elle...

L'homme se pencha légèrement vers l'avant.

— Cette dame aux mille qualités dont vous parlez, elle a un nom ? demanda le gérant en esquissant un sourire qui découvrait un peu ses dents.

Jack se redressa.

— L'argent m'est bien égal. Je veux juste la baiser. Son nom, d'après ce que mon ami m'a dit, c'est Hanna.

Tout devint tranquille dans la pièce. On n'entendait que le bruit de fond musical qui provenait du bar.

— Hanna ... Hum, répéta le patron.

Il se mit à réfléchir. Puis il se gratta le menton et examina Jack des pieds à la tête. Jack le regarda dans les yeux et tenta de deviner quelles pensées pouvaient bien agiter cet homme.

Du coin de la rue, Jessica regarda Jack s'introduire dans l'établissement. Ensuite, elle se tourna et chercha des yeux le meilleur trajet pour le café. Lorsque le feu de circulatiion vira au vert, elle traversa de l'autre coté.

Le vent lui soufflait dans le visage. Elle avait soif et se réjouissait à la perspective de s'offrir un thé glacé.

La ville de Calgary était déjà bien animée. Il y avait de plus en plus de monde dans les rues. Les couche-tard erraient en groupes. Bien que le côté de la rue où se trouvait le café semblait moins fréquenté, celui-ci donnait l'impression d'être rempli, vu de l'extérieur. La plupart des clients étaient assis à la fenêtre, devant une boisson. Plusieurs mangeaient quelque chose.

Jessica arriva de l'autre côté de la rue et se tint sur la gauche. Un groupe de quatre hommes marchait dans sa direction. Ils se rendaient sans doute au café aussi.

Sur le trottoir, il y avait deux femmes en train de racoler. Jessica se demanda si elle allait les questionner sur sa sœur ou plutôt attendre le retour de Jack.

À quelques mètres du café, deux des hommes dépassèrent Jessica. L'un par la gauche, l'autre par la droite.

Jessica remarqua qu'ils portaient presque la même veste de cuir et qu'ils se ressemblaient beaucoup. Soudain, à quelques pas de l'entrée, ils firent tous deux volte-face.

— Quelle heure est-il ? demanda l'homme de gauche.

Avant que Jessica ait le temps de comprendre quelque chose, les deux autres qui étaient restés en arrière s'avancèrent vers elle. Ils l'attrapèrent par l'épaule et la poussèrent dans une entrée d'immeuble restée ouverte.

— Quoi, qu'est-ce… essaya de demander Jessica, qui ne put même pas terminer sa phrase.

Les deux hommes la tenaient à leur merci. Tout en la bousculant dans l'entrée, ils la plaquèrent contre le mur du couloir. Les deux autres, qui se trouvaient encore dehors, fermèrent la porte de l'extérieur et continuèrent à marcher comme si de rien n'était.

Jessica sentit qu'on lui assénait un violent coup de poing sur la tête puis, au moment où elle s'écroula, elle reçut un coup de pied dans le bas-ventre.

Elle se tordit de douleur. Sous le choc, elle ne pouvait même pas crier. Seul un son plaintif sortit de ses lèvres. Elle reprit son souffle.

Elle resta étendue. Devant elle, Jessica aperçut quatre pieds chaussés de bottes militaires, prêts à frapper encore.

Elle entendit les deux hommes l'insulter.

— Maudite salope ! dit l'un d'eux.

Ensuite, elle perdit connaissance.

— Hanna ? Nous avons trois Hanna différentes. De laquelle voulez-vous parler ? demanda le gérant.

Jack réfléchit. Il ne s'était pas attendu à ce genre de réponse.

— Trois ? Hum... Alors il faudra bien que j'en choisisse une, répondit-il. Mon ami a juste précisé qu'elle était encore jeune, un peu plus de vingt ans.

Tout en donnant cette précision, Jack adressa un sourire au patron. Celui-ci lui rendit la pareille.

— On va voir... répondit-il, en lançant un clin d'œil à l'intention du garde du corps.

L'homme obéit immédiatement. D'un pas lourd, il sortit de la petite pièce et se dirigea vers les locaux où les filles attendaient ses ordres.

— Vous êtes prêt à payer combien pour ça ? demanda le gérant, pendant que le garde du corps disparaissait derrière un rideau rouge décoré de petites pierres brillantes.

Il parcourut un long couloir dont le sol était recouvert d'un luxueux tapis moelleux. Ensuite, il ouvrit une porte qui donnait accès à une petite chambre très peu garnie. Cinq femmes de belle apparence s'y trouvaient assises.

Elles sursautèrent lorsque le gorille musclé fit irruption dans la loge.

— Hanna ! cria-t-il à travers la pièce.

Les jeunes femmes, en train de converser devant une grande table de maquillage, se turent. Elles attendirent qu'il ait claqué la porte derrière lui pour réagir.

— Hanna !

— Oui. Je suis ici.

L'homme se dirigea vers une table devant laquelle était assise une femme aux cheveux bruns. Lentement, elle se retourna et le regarda. Sa carrure, son visage et surtout ses yeux ressemblaient à ceux de Jessica.

À ce moment, Jessica gisait à côté d'une cage d'escalier. Ses douleurs étaient insupportables. Elle ne savait plus ce qui s'était passé durant les dernières minutes, à moins que ce soit les dernières heures ?

En tentant de se redresser, elle sentit que ses lèvres étaient enflées. Un goût de sang emplissait sa bouche. Lorsqu'elle ouvrit les yeux, elle vit les deux hommes qui se trouvaient toujours devant elle.

— Maudite salope ! C'est notre rue, tiens-le-toi pour dit ! lui cria l'un des hommes.

— Je...

Jessica voulut dire quelque chose, mais n'y arriva pas.

— Fais en sorte de disparaître d'ici. Dis ça à ton proxénète. La prochaine fois, on te refroidit pour de bon ! cria l'autre.

Les premières secondes, Jessica ne comprit pas les motifs de leur attaque. Mais lorsqu'elle se redressa et aperçut les traits déformés par la colère et le regard froid des deux hommes, elle comprit.

On l'avait prise pour une prostituée. Pendant qu'elle passait la journée à demander aux femmes si elles connaissaient sa sœur, certaines avaient sans doute pensé qu'elle voulait vendre son corps dans leur secteur.

Jessica leva les bras pour se protéger. Elle se rendait compte que les hommes ne plaisantaient pas avec leurs menaces. De plus, l'un d'eux avait un pistolet dont le canon brillant dépassait de la ceinture.

« Ça doit être des professionnels » pensa-t-elle, et elle ne bougea plus. Celui qui n'avait pas arrêté de crier se pencha vers elle et sortit un couteau.

— Pour que tu n'oublies jamais ça, petite ! dit-il.

Il l'attrapa par les cheveux et voulut lui donner un coup de lame sur le visage.

— Je... bredouilla Jessica, je veux travailler pour vous !

Ils la regardèrent d'un air incrédule, apparemment sidérés par sa proposition. Celui qui avait le couteau en main se mit alors à hésiter.

Jessica continua à parler, sentant qu'elle avait peut-être trouvé une chance de s'en sortir.

— Je suis venue parce que mon copain est en taule et je cherche du travail.

Elle fixa l'homme dans les yeux. Comment elle avait inventé cette histoire aussi vite, elle ne le savait pas elle-même.

— Tu veux juste sauver ta peau, mais ça ne marche pas avec nous, dit celui qui avait un couteau, en pressant de nouveau la lame contre son visage.

Mais l'autre l'arrêta brutalement.

— Attends ! ordonna-t-il en posant sa main sur l'épaule de son complice.

Il s'approcha de Jessica. Le sang dégoulinait de son visage, et tout son corps lui faisait terriblement mal. Mais elle devait à tout prix contrôler sa douleur pour sortir de là vivante. De la main, elle essuya le sang sur son visage.

— Hum, dit l'autre, tu veux donc travailler ici ?

Jessica tenta de se mettre debout. Mais elle le fit lentement à cause de l'homme au couteau qui continuait à agiter sa lame acérée près de son visage. L'autre regarda son camarade, puis il examina Jessica de la tête aux pieds.

— On devrait d'abord tester la marchandise, dit-il à son complice.

Celui-ci acquiesça avec empressement et remit son couteau en place. Le premier ôta sa veste et commença à défaire la ceinture de son pantalon.

— Pourquoi pas ? Peut-être pourrions-nous t'utiliser...

— Hanna, tu dois disparaître. Nous pensons que la police est ici. As-tu fait une connerie dont je dois parler au patron ? questionna le garde du corps.

Elle nia et se leva. Le garde du corps la regarda avec insistance, mis il n'arrivait pas à savoir si elle mentait.

— Bon, disparais.

Puis il pointa son index de la main droite en direction de trois autres filles :

— Toi, toi et toi ! dit-il. Vous, vous allez dans la cabine B. Et ce soir, vous vous appelez Hanna, compris ?

Obéissantes, les trois femmes se levèrent et se dirigèrent l'une derrière l'autre vers la porte. L'homme musclé s'adressa de nouveau à Hanna.

— Là, dehors, il y a quelqu'un qui te veut absolument. Nous ne le connaissons pas et nous ne l'avons encore jamais vu ici. Ç'est peut être un flic. Tu as intérêt à savoir ce que tu vas répondre quand le patron va te demander ce que ça signifie !

— Je n'ai rien à me reprocher, répondit-elle d'un ton impertinent.

— Alors, pars et tiens-toi à l'écart. Tu ferais mieux d'aller dans ta chambre et d'attendre qu'on revienne te chercher ! ordonna l'homme.

Hanna acquiesça. Ensuite, il quitta la salle. Il ne restait plus qu'une autre fille dans la pièce.

— Qu'est-ce qui t'arrive, Hanna, dis-moi ? demanda-t-elle.

Elle semblait être une bonne amie d'Hanna.

— Je ne sais pas ce qui se passe. Mais je ne vais certainement pas me cacher dans ma chambre. Ça non !

Son amie haussa les épaules. Elle donnait l'impression d'être plus craintive qu'Hanna.

— Si j'étais toi, je ne m'opposerais pas à eux. Tu sais ce qui va se passer sinon, dit la femme en prenant un poudrier.

Les deux femmes trempèrent leur pinceau dans la poudre et s'en mirent un peu sur le visage et le décolleté.

Jessica s'appuya contre le mur et regarda fixement l'homme qui s'approchait d'elle. Ayant cédé la priorité à son complice, l'homme au couteau attendait son tour avec impatience.

Jessica n'avait pas pensé que les deux hommes auraient l'intention d'abuser d'elle sur le sol froid du couloir. Elle réfléchissait fiévreusement.

— O.K., murmura-t-elle, en regardant le premier de façon aguichante malgré ses douleurs.

Elle se mordit les lèvres. Puis elle se raidit et attendit que la main du truand se tende vers elle jusqu'à en être très proche. Lorsqu'il agrippa son pantalon entre ses jambes, elle se blottit doucement contre lui et ferma les yeux.

Alors qu'il voulait défaire la fermeture-éclair de son jeans, tout se passa soudain très vite. Jessica saisit le pistolet du type et repoussa violemment celui-ci loin d'elle.

— Horrible fils de pute qui méprise le genre humain ! cria-t-elle en appuyant sur la gâchette.

Le bleu de ses yeux était devenu glacé. Il y eut un bruit fracassant et le coup toucha l'homme directement dans le ventre. Le visage déformé par la douleur, il chancela sous la violence du tir. Il se cogna contre le mur et glissa lentement vers le sol, étalant au passage le sang frais et chaud qui coulait le long de la paroi.

La ceinture défaite, l'homme au couteau s'enfuit à travers le passage qui menait de l'autre côté de la maison. Sans aucune défense, il avait pris peur. Sa réaction encouragea encore plus Jessica à se battre.

Quant à son comparse, il était occupé à râler et à crever de sa blessure par balle. Il tourna de l'œil et cessa de respirer.

Étendant le bras, Jessica passa lentement sa main sur le sang étalé sur le mur. Au moment où ses doigts l'effleurèrent, elle fut prise d'une envie de rire. Comme si ça lui plaisait d'avoir tué ce type de sa propre main.

Jessica se retourna et courut après l'autre homme. Elle sortit du couloir et se retrouva dans une cour débordante de ferraille et de détritus. Apparemment, il y avait longtemps que personne n'avait nettoyé les lieux.

Jessica aperçut le fugitif qui tentait de passer de l'autre côté d'une clôture en grillage. Elle courut et brandit son arme dans sa direction. Il regarda en arrière et vit qu'elle le visait.

— Non, ne fais pas ça ! supplia-t-il en se cramponnant au bord de la clôture.

Comme il n'était pas arrivé à passer de l'autre coté, il se rendit compte qu'il n'avait plus aucune chance.

— S'il te plaît, je ferai ce que tu veux, mais laisse-moi vivre. J'ai de l'argent ! geignit-t-il depuis le haut de la clôture.

Jessica le regarda froidement et continua à pointer son pistolet vers lui.

— Tu ne mettras plus jamais les pieds dans cette rue ! répliqua-t-elle.

Alors, il sauta de la clôture et tenta de se cacher derrière les nombreux tas de ferraille. Jessica tira.

L'homme bondissait d'un coin à l'autre. La jeune fille tira sur lui une nouvelle fois. Elle le chassait comme un chien, avec l'idée de l'achever. Deux balles rebondirent sur un balcon en bois et des objets en métal, en y laissant de grands trous. Des éclats et des étincelles jaillirent.

L'homme criait. Il avait si peur qu'il sauta de nouveau sur la clôture en tentant de la franchir. Et plusieurs balles vinrent le frapper. Accroché à la clôture, il ne bougea plus. Seul le vent puissant remuait son corps sans vie.

Alors, Jessica entendit derrière elle la sirène rugissante d'une auto-patrouille, puis la voix grave d'un homme :

— Lâchez vos armes, et les mains en l'air !

Jessica ne savait pas combien de voitures et de policiers avaient été ameutés, mais ils devaient être nombreux. Car la petite cour baignait maintenant dans une lumière clignotante bleue. Elle supposa que les policiers se trouvaient juste dans son dos, leurs armes braquées sur elle.

Elle baissa lentement son bras et laissa tomber son arme. Cela fit un bruit métallique qui résonna dans toute la cour.

— Et maintenant couchez-vous par terre ! ordonna la voix.

Jessica leva les bras et se mit à genoux. Alors, des policiers arrivèrent de tous côtés et l'attrapèrent par les épaules. Ils la plaquèrent au sol, face contre terre, de manière à empêcher toute résistance.

La façon rude dont les policiers la traitaient laissait Jessica complètement indifférente. Ce qu'elle venait d'accomplir semblait l'avoir immunisée contre ce genre d'agression.

Pendant que des policiers braquaient leurs armes sur elle, un de ceux qui la maintenaient au sol, attrapa ses poignets et leur fixa les menottes. Puis, elle fut emmenée à travers un passage étroit entre deux maisons en brique.

On se soucia ensuite des deux hommes morts : trois policiers s'occupèrent de celui qui pendait encore à la clôture, pendant que d'autres allèrent chercher l'homme qui gisait dans le couloir.

Jack regarda les trois filles et constata que seulement l'une d'elles avait environ vingt ans. Les autres étaient visiblement plus âgées.

— Hum, dit-il.

— Qu'est-ce qu'il y a ? Ce sont toutes les Hanna que je peux vous offrir, remarqua le gérant en jetant un regard furtif sur son gorille. Dites-moi, avec laquelle voulez-vous passer la nuit ?

Jack haussa les épaules et examina attentivement les trois filles. Au bout de quelques minutes, il dit :

— Je regrette, mais mon ami ne m'avait pas dit qu'il y en avait trois. Il n'a parlé que d'une seule. Je crois que je vais attendre qu'il revienne dans quelques heures, car il est sur la route. Alors, nous reviendrons ensemble.

Il déposa un billet de cinquante dollars sur la table et se leva.

— Attendez un peu, répliqua le gérant.

— Voyez-vous, je suis venu ici pour avoir une fille en particulier et je me retrouve avec l'embarras du choix ! Voilà cinquante dollars pour vos frais, et je reviens dans deux heures environ, d'accord ?

Le gérant ne semblait pas contrarié. Au contraire, il prit même cordialement congé de Jack.

— Dommage, je vous comprends, répondit-il en lui tendant la main. J'agirais exactement comme vous !

Jack l'assura encore qu'il reviendrait plus tard avec son ami. Il quitta la pièce, accompagné par le garde du corps qui prit poliment congé de lui devant la porte.

Hanna sortit par la porte située à l'arrière et prit un petit chemin étroit menant à la rue. Elle n'avait pas envie d'obéir aux recommandations et d'attendre dans sa chambre. Elle voulait profiter de la nuit pour sortir.

Les nombreuses autos-patrouilles qui encombraient l'autre côté de la rue attirèrent immédiatement son attention. Une foule de curieux se pressait. Hanna traversa en courant et se joignit à la foule pour regarder l'arrestation d'une de ses collègues.

Elle se mit sur la pointe des pieds pour mieux observer la scène. En même temps, elle se moucha. Les badauds s'écartèrent pour laisser passer deux policiers qui encadraient quelqu'un. C'était une femme, les menottes aux poignets. Elle était blessée et saignait de la bouche.

Hanna resta là à regarder, sans trop savoir pourquoi. En fait, elle ne voulait surtout pas avoir affaire avec la police, d'autant plus qu'elle avait désobéi en ne restant pas confinée dans sa chambre.

Lorsque la captive passa près d'elle, Hanna remarqua que c'était une très jeune fille. Son visage était décomposé et contusionné.

La porte rouge du bordel se referma automatiquement derrière Jack. Il se retrouva dans la rue et aperçut le mouvement de foule un peu plus loin. Devant le café, quelques policiers interrogeaient des témoins et procédaient à une arrestation.

En voyant les policiers s'agiter devant lui, il sentit un nœud dans son ventre. Comme si une petite voix lui soufflait que Jessica pourrait bien être mêlée à cette affaire. Il resta de l'autre côté de la rue et observa le déroulement des événements.

Hanna devint tout à coup très curieuse d'apprendre qui venait d'être arrêté par la police. Elle resta pour regarder.

D'une poigne solide, les deux policiers conduisirent Jessica à la première auto-patrouillle stationnée au bord du trottoir, devant l'entrée de la cour.

L'un d'eux ouvrit la portière et mit sa main sur la tête de Jessica pour qu'elle ne se cogne pas en montant dans la voiture. Jessica dut fléchir les genoux. Juste avant, elle jeta un coup d'œil autour d'elle. De l'autre côté de la voiture, un mur de badauds la regardaient bouche bée.

Une personne en particulier attira son attention. Les policiers refermèrent la portière et montèrent à l'avant. Jessica était maintenant assise sur la banquette arrière de la voiture.

Elle se glissa vers l'autre côté, car elle voulait absolument voir à qui appartenaient ces yeux qui la regardaient de manière si intense. Son cœur se mit à battre, sans qu'elle sache pourquoi. Le moteur de la voiture s'emballa. Le conducteur alluma les gyrophares bleus, puis actionna la sirène. La foule s'écarta légèrement pour laisser passer la voiture qui s'avançait lentement.

Jessica continuait à scruter la foule, à la recherche de cette personne. Un être féminin dont les yeux tranchaient impérieusement dans la masse. Des yeux qui, eux non plus, ne pouvaient se détacher de Jessica, du moins, c'est l'impression qu'elle avait.

Jessica se mit à la fixer. C'était comme si elle connaissait bien, très bien même, ce visage.

— Mon Dieu ! s'écria-t-elle. C'est elle, mon Dieu !

Les policiers lui intimèrent de ne pas crier ainsi. Mais Jessica ne faisait pas attention à eux.

Les deux policiers jetèrent un coup d'œil sur l'habitacle qu'un grillage séparait de la banquette avant. Ils se demandaient quelle mouche avait piqué Jessica.

La voiture tourna le coin de la rue et accéléra. La foule resta sur place, tout comme la paire d'yeux et celle à qui ils appartenaient.

Depuis sa tendre enfance, Jessica avait attendu ce moment.

— Hanna ! souffla-t-elle...

Jack vit les policiers emmener Jessica et regarda la voiture tourner le coin pour s'engager dans une autre direction.

Chapitre 18

La porte de la cellule s'ouvrit et une policière portant un petit-déjeuner pour Jessica entra. Elle n'arrivait pas seule. Un homme l'accompagnait. C'était l'inspecteur Erig.

L'agente le laissa entrer dans la cellule et déposa le plateau sur une petite table. Puis elle referma la porte de la cellule derrière elle.

Erig se tourna vers Jessica qui venait de se réveiller. Il la salua d'un sourire timide.

— Vous me reconnaissez, mademoiselle Viner ? demanda-t-il.

Muette, Jessica se leva et se dirigea vers le lavabo. Après s'être rafraîchi le visage, elle s'assit à la table devant son déjeuner. Puis elle le regarda.

— Oui, je vous reconnais, dit-elle enfin, après une courte pause.

— Je m'appelle Erig et je voudrais vous aider.

— Oui, l'interrompit Jessica. Écoutez, hier soir, j'ai vu ma sœur Hanna. Je suis vraiment sûre que c'était elle. Aidez-moi à sortir d'ici !

Erig s'installa sur la seule chaise disponible de la petite cellule. Jessica resta assise au bord de son lit.

— Aidez-moi, s'il vous plaît, répéta Jessica en le regardant dans les yeux avec insistance. Je dois sortir d'ici, je vous en prie !

C'était la première fois que l'inspecteur la revoyait depuis l'épisode de la photo dans Internet. Sa lèvre était enflée du côté gauche et son front était entaillé. Cela lui fendait le cœur de voir une jeune fille dans cet état, mais il ne voulait pas le montrer.

— C'est pour cela que je suis ici, répondit-il avec calme.

— Vraiment ? dit-elle, en remettant sa tranche de pain dans l'assiette.

Jessica commença à manger, car elle avait très faim. Mais la réponse inattendue du policier la fit presque s'étouffer.

— Alors, allons-y tout de suite ! Je sais où elle pourrait se trouver, affirma-t-elle.

— Un instant, ça ne se règle pas si vite ! Je dois signer quelques papiers et ensuite, je pourrai vous sortir d'ici. Même un agent du FBI a ses obligations, surtout ici au Canada.

Ils se regardèrent. Jessica le comprenait, mais il y avait au fond de ses yeux une lueur d'urgence. Il devait s'arranger pour qu'elle puisse se retrouver dehors le plus rapidement possible.

— Parfait, Jessica. Mais dès que vous serez sortie d'ici, je dois vous poser encore quelques questions. J'ai aussi le devoir de contacter vos parents pour leur dire où vous vous trouvez. Ils se font énormément de soucis, dit Erig.

Il fit une légère pause et se leva.

— De plus, continua-t-il, celle qui vous a envoyé la photo dans Internet est encore à l'hôpital, gravement blessée.

— Elle va bien ? Va-t-elle s'en sortir ? demanda Jessica, dont les questions jaillissaient comme une fusée.

Erig fit un signe affirmatif.

— Oui, mais je ne peux pas dire exactement à quelle vitesse elle se rétablira. Vous et moi, nous aurons à parler de ce qui s'est passé les jours précédents. Vous avez accumulé les chefs d'accusation, je m'attends donc à une vraie collaboration de votre part.

Jessica acquiesça.

— J'ai retrouvé Hanna ! Elle est vivante, inspecteur Erig. Je sais qu'elle est ici, à Calgary !

— O.K., moi, je me mets à l'ouvrage, dit Erig qui frappa sur la porte de la cellule.

La policière ouvrit la porte et le laissa sortir.

— Je vais avertir mes supérieurs à Everett et informer votre famille. À plus tard.

La porte se referma et Jessica se retrouva de nouveau seule. Elle reprit le morceau de pain qu'elle avait entamé et le coupa en deux.

Erig resta encore quelque temps à contempler pensivement la porte de la cellule. Puis, il saisit son téléphone portable et composa le numéro de son chef.

— Oui, ici Erig, dit-il.

L'agente de police qui le précédait lui fit signe de l'accompagner. Erig la suivit, sans interrompre sa conversation.

— Écoute, Jessica semble tout à fait sûre d'avoir vu sa sœur. Je la crois. Évidemment, il se pourrait qu'elle prenne son désir pour la réalité … Hum, oui, ensuite son visage devint plus sérieux. …

Oui… O.K. … Je vais immédiatement aviser l'agent Maurin.

***

Jim, le gérant du bordel à qui Jack avait rendu visite la veille, était dans son bureau. La pièce était garnie de meubles en bois précieux posés sur un parquet ancien brillant comme un miroir. Un tapis de soie chinois se trouvait devant son bureau, dont le sous-main consistait en une épaisse plaque de marbre. Sur le bureau, il y avait un téléphone sans fil qu'il gardait toujours à proximité.

Le gérant devint un peu nerveux lorsque le téléphone sonna. Il prit l'appareil, poussa sur un bouton et grommela son nom. Lorsqu'il entendit qui était à l'autre bout du fil, sa mine s'allongea et il devint sérieux, très sérieux.

— Oui, nous avons une fille nommée Hanna ici … Oui. Si elle s'appelle Viner ? Je ne sais pas.

« Merde, que lui veulent-ils donc tous ? » se demanda-t-il.

— Mais non, je ne connais pas son nom de famille, nom de Dieu, pourquoi ?

La mine de Jim s'allongea encore et il rapprocha l'appareil de son oreille.

— Oui, je ne voulais pas être indiscret, excusez-moi.

Son regard s'arrêta sur la porte ouverte du bureau.

Tout en poursuivant la conversation, il s'y dirigea, mais, soudain, il s'immobilisa et s'exclama d'un air incrédule :

— Je dois faire quoi avec elle ?

Il se tut et se concentra sur son interlocuteur.

— Dommage, cette fille était une véritable mine d'or... D'accord, je vais le faire immédiatement.

Il coupa la communication et signala tout de suite un autre numéro. Il se rendit jusqu'à la porte et la referma, mais, dans le couloir, quelqu'un avait suivi toute la conversation.

C'était Nadine, l'amie d'Hanna qui était restée seule avec elle dans la loge, la veille. Elle s'éloigna en courant et traversa le long couloir jusqu'à la chambre où Hanna était en train de faire un brin de toilette. Elle entra sans frapper et regarda Hanna d'un air sidéré.

— Tu dois partir d'ici immédiatement !

— Quoi ? demanda Hanna qui s'apprêtait à enfiler une mini-jupe rouge moulante.

Nadine referma brusquement la porte et s'approcha d'elle.

— Tu dois disparaître, répéta-t-elle, en ouvrant l'armoire de Hanna.

Elle sortit une petite valise et commença à y jeter quelques vêtements.

— Qu'est-ce que tu fais là ? demanda Hanna, en saisissant les mains de la jeune femme.

— Tu dois te tirer d'ici, ils veulent t'enlever ! J'ai entendu Jim parler au téléphone dans son bureau.

Elle pivota et regarda Hanna dans les yeux.

— Je ne te mens pas, je sais comment il est dans ce genre de situation. Il va se débarrasser de toi, crois-moi ! Bon Dieu !

— Sont-ils tous devenus fous ? demanda Hanna en remontant sa fermeture éclair. Pourquoi cela ?

Sa compagne haussa les épaules.

— Je ne le sais pas, mais celui à qui il parlait semblait être un homme important, peut-être un des chefs.

— Partir où ? s'inquiéta Hanna en la regardant à son tour.

— Il faut d'abord partir, on trouvera bien où aller après. Mais tu ne peux plus rester ici ! répondit son amie.

Ensuite, elle se dirigea vers la porte, l'entrouvrit et regarda dehors. Le garde du corps se rendait vers le bureau du gérant.

— Dépêche-toi ! intima-t-elle très sérieusement à Hanna, tout en refermant doucement la porte.

Hanna était mal à l'aise, mais quelque chose lui disait que Nadine disait la vérité. Rapidement, elle rassembla quelques effets personnels. Il ne fallait surtout pas qu'elle oublie de prendre de l'argent. Hanna ouvrit les tiroirs de sa commode et son amie l'aida à emballer l'essentiel.

— Où vais-je aller, Nadine ? questionna Hanna.

— Je connais une cabane dans les bois. Allons là-bas, en attendant que les choses se replacent ici.

— Ça fait plus d'un an que je suis ici et je m'y suis presque sentie bien. Nadine, j'ai peur !

— Moi aussi, répondit-elle. Allons, dépêche-toi, nous devons partir avant qu'ils arrivent ! Peut-être qu'un de ces salopards t'a fait un mauvais coup. On finira bien par savoir ce qui s'est passé.

Nadine ouvrit l'étroite fenêtre de la chambre. Tenant la valise d'Hanna, elle passa par la fenêtre et arriva sur une petite terrasse. Hanna la suivit.

Elles s'y glissèrent furtivement et passèrent devant le bureau de Jim qui s'entretenait avec le gorille.

Hanna et Nadine s'efforcèrent d'ouvrir un peu plus la porte vitrée. Elles y arrivèrent sans problème. Les voix des deux hommes leur parvenaient très distinctement, de sorte qu'elles purent suivre leur conversation.

— Elle me plaisait bien, la petite. Et elle nous a toujours rapporté gros ! dit le garde du corps.

— Ça, elle n'était pas donnée non plus. Enfin, quand le patron veut quelque chose, moi, je ne le contredis jamais. Il doit avoir ses raisons.

— Ils parlent de toi, murmura Nadine.

Le visage d'Hanna changea brusquement. Maintenant, elle comprenait enfin qu'elle n'était plus en sécurité dans cet endroit. Nadine ne s'était donc pas trompée.

— Allons-y ! souffla Nadine.

Hanna acquiesça. Elles passèrent discrètement devant la porte du balcon et descendirent l'escalier de bois derrière la maison. Elles coururent ensuite jusqu'au coin suivant et s'arrêtèrent.

— Voilà les clés, Hanna, et l'endroit où se trouve la cabane.

Nadine fouilla dans la poche de son pantalon et en sortit deux clés, accompagnées d'un papier sur lequel elle indiqua rapidement le trajet.

— J'ai gardé secrète l'existence de cette cabane parce que c'est là que je rencontre un ami à moi, de façon clandestine. Tu comprends ? Il sera sûrement d'accord et, de toute façon, il n'est pas là.

Elle regarda Hanna et...

— Je te fais signe, O.K. ?

— Oui, je te remercie infiniment ! répondit Hanna en l'embrassant.

Elle s'en alla et Hanna se mit en route. Nadine revint, monta discrètement l'escalier de bois jusqu'à la terrasse et repassa devant la porte. Elle rentra dans la chambre en passant par la petite fenêtre. À peine s'était-elle assise sur le lit d'Hanna que le garde du corps fit irruption dans la pièce.

— Où est Hanna ?

Nadine haussa les épaules et répondit :

— Je crois qu'elle est en bas, au bar, mais elle a dit qu'elle remontait tout de suite.

Elle sourit à l'homme musclé qui sembla la croire.

— Bon. Quand Hanna revient, tu l'amènes immédiatement au bureau, compris ?

Nadine fit un signe affirmatif de la tête.

— Quelque chose ne va pas ? interrogea-t-elle, en se renversant un peu en arrière.

Elle ouvrit légèrement les jambes et tendit sa poitrine vers l'avant d'une manière provocante.

— Juste nous l'amener, c'est clair ?

Nadine dodelina de la tête et confirma qu'elle attendrait le retour d'Hanna. Lorsque l'homme quitta la pièce en refermant la porte derrière lui, Nadine essuya les gouttes de sueur qui perlaient sur son front. Elle poussa un soupir de soulagement.

***

Jack se trouvait devant le bordel qu'il avait visité le jour d'avant. Il analysait les événements de la soirée, la veille, et se demandait ce qui avait bien pu se passer. Il fit les cent pas devant l'établissement, puis il traversa la rue et se rendit vers le café, de l'autre côté.

Il ouvrit la porte et entra. Il s'assit à une table vide, puis se commanda un café et des beignets. Au moment où on lui apportait sa commande, Nadine s'approcha subitement de sa table et s'assit devant lui.

Jack avait déjà vu cette fille, mais il ne pouvait pas dire où. Il la regarda d'un air un peu irrité.

— Vous êtes bien de la police, non ? demanda Nadine.

Jack secoua négativement la tête.

— Non, pas du tout. Qui raconte une chose pareille ? demanda-t-il à son tour.

— Jim, l'homme, enfin le gérant, avec qui vous avez parlé hier. Il pense que vous êtes peut-être un flic.

Jack sentit qu'elle avait quelque chose d'important à lui dire. À ses mots, il se souvint qu'il avait aperçu cette femme dans la boîte de nuit. Il comprit aussi qu'il y avait une méprise, on l'avait pris pour un policier qui se camouflait afin de rechercher quelqu'un.

— Ces roublards ont bien caché leur jeu, pensa Jack.

Il regarda à nouveau la jeune femme, occupée à écarter une mèche de cheveux de son front.

— Mais si vous n'êtes pas de la police...

— Je préférerais ne pas parler de cela, répondit Jack de manière abrupte, coupant court aux craintes de Nadine.

— Racontez-moi, l'invita-t-il.

— Hanna vit de graves problèmes. On veut la supprimer.

Jack écarquilla les yeux.

— Un instant... Je ne comprends pas !

— Vous êtes bien à la recherche d'une femme qui s'appelle Hanna, non ?

Jack fit un signe affirmatif. Une serveuse s'approcha de leur table. D'un geste, Jack invita Nadine à se choisir une consommation. Elle commanda un café, elle aussi.

— Mais j'ignore laquelle des trois est celle que je cherche dit-il.

— Aucune de celles qu'on vous a montrées hier ne s'appelle Hanna. La Hanna qui vit chez nous, notre patron vous l'a cachée.

— Ha, ha !

— Aujourd'hui, j'ai appris qu'on voulait l'écarter pour des raisons obscures. Je lui ai trouvé une planque, mais je ne sais pas combien de temps elle peut rester là. Je l'aime beaucoup et je ne voudrais pas qu'il lui arrive malheur !

Jack ne dit pas un mot, mais il l'observa. Il avait perçu une pointe de tendresse dans sa voix lorsqu'elle parlait de son amie. Dès lors, il était sûr qu'elle n'oserait pas lui mentir. Il supposa même qu'elle ressentait peut-être pour Hanna autre chose que de la pure amitié.

— Pourquoi me dites-vous tout cela ?

— Je pense… fit rapidement Nadine, oui, je pense que vous n'êtes pas comme la plupart des policiers. Votre regard inspire une telle confiance !

— Merci, mais que se passe-t-il si je ne peux pas vous aider ? demanda Jack.

— Je ne peux pas le croire ! Hanna doit partir d'ici. Peut-être qu'elle est bien cette femme que vous cherchez. J'aurais juste une question.

— Oui ? demanda Jack, curieux.

— A-t-elle fait quelque chose de mal, cette femme que vous cherchez ?

Nadine le regarda, pleine d'espoir. Elle voulait savoir si elle pouvait lui faire confiance. Jack s'en doutait et il réagit en conséquence. Il secoua la tête.

— Non, mais je ne veux pas en dire plus. Où votre amie se trouve-t-elle à présent ?

Nadine lui sourit. Elle semblait vraiment le croire.

— Je peux vous montrer l'endroit où elle se trouve, si vous voulez.

Jack amena la voiture qu'il avait louée jusqu'à la lisière de la forêt et en descendit en même temps que Nadine.

Après avoir refermé les portières, ils pénétrèrent dans la forêt et marchèrent plusieurs minutes à travers d'épais fourrés. Perdue au milieu des arbres et des arbustes se dressait une cabane d'assez petite dimension. On ne voyait personne.

Soudain, des pensées terribles vinrent à l'esprit de Jack. Il se dit que tout ceci pouvait être un piège. Ici, il serait facile de se débarrasser de lui, peu importe pour quelle raison. Mais ses craintes s'envolèrent lorsqu'il vit Nadine courir devant lui et l'inviter à s'approcher de la cabane.

« Ses yeux ne mentent pas, pensa-t-il. Un crime aussi irréfléchi, même les gens de la pègre n'oseraient pas en commettre. Quant aux policiers, surtout lorsqu'ils opèrent camouflés, ils sont connus pour rapporter fidèlement les zones où ils opèrent. »

Nadine se dirigea avec Jack vers l'entrée. Elle cria le nom d'Hanna et frappa à la porte. Il se passa quelques secondes avant que la porte s'ouvrit. Hanna apparut alors sur le seuil.

— Mon Dieu ! s'écria Jack.

Il en croyait à peine ses yeux. C'était comme s'il avait Jessica en personne devant lui, sauf pour les longs cheveux bruns.

La femme qui se trouvait devant lui était cependant un peu plus âgée que Jessica et son visage était marqué par ses expériences. Mais Jack était heureux, il savait désormais qu'il avait enfin retrouvé la sœur de Jessica.

Tout juste libérée, Jessica venait de récupérer ses effets personnels. Ceux-ci étaient toujours aussi sales, mais ça lui était bien égal. Erig signa un dernier document et le tendit à l'agent qui s'occupait de la jeune fille.

— Bon, voilà qui est fait ! dit l'inspecteur du FBI.

Jessica était contente que les dernières formalités soient enfin réglées.

— Normalement, ça prend beaucoup plus de temps, des mois parfois. Mais comme l'inspecteur Maurin, qui travaille pour le FBI, est intervenu, tout s'est étonnamment bien passé, expliqua-t-il à Jessica. Je constate qu'il a d'excellents contacts à l'intérieur de cette administration, surtout dans cette région proche des États-Unis.

Elle le regarda brièvement. Erig ne savait pas s'il devait lire dans ses yeux de la reconnaissance ou tout simplement le soulagement de se retrouver enfin en liberté.

— Cependant, Jessica, vous êtes officiellement ma prisonnière et vous ne devez en aucun cas vous éloigner de moi, d'accord ?

— Mais allons-nous continuer à chercher Hanna ? s'enquit Jessica, tout en suivant Erig qui avait pris le chemin de la sortie.

— Nous ? non, Jessica. Moi, oui, répondit-il, mais pas vous ! L'affaire est entre les mains de la police maintenant. Je ne vous mettrai pas les menottes parce que je ne pense pas que vous allez vous enfuir. Puis-je vous faire confiance ?

Jessica se hâta de le rassurer, mais elle n'était pas certaine de sa position. Sarah lui avait prédit ce qui arriverait dès que la police l'attraperait. Mais elle savait aussi qu'Erig ne manquait pas d'arguments pour lui mettre les menottes aux poignets. Elle était reconnaissante d'y échapper. Il lui avait tout de même donné l'occasion de sortir de cette prison.

« Pour le reste, chaque chose en son temps ! », décida-t-elle. Jessica et Erig descendirent le long escalier du bâtiment et quittèrent le commissariat de police de Calgary.

De sa vie, Jessica n'avait encore jamais été en prison. La liberté, elle l'appréciait donc à juste titre à présent, même si ce n'était peut-être que temporaire, puisqu'il y avait trop de chefs d'accusation contre elle. Erig le lui avait clairement dit.

— Ma voiture est là, fit Erig, en montrant une voiture garée près de la large avenue à quatre voies qui se trouvait un peu plus bas.

Au bord de la route, de nombreuses voitures étaient stationnées.

— Celle-là, la bleue, précisa-t-il.

C'était une voiture familiale sur laquelle était inscrit US Police.

Ils se dirigèrent vers le véhicule. Comme ils s'en approchaient, un klaxon se fit entendre derrière eux. C'était un camion. Arrêté à quelques voitures de là, il se stationnait en prenant presque la place de deux voitures. Il fallut quelque temps à Jessica pour reconnaître le véhicule.

— Jack, dit-elle à Erig. C'est Jack, l'homme qui m'a aidée à rechercher Hanna. Il a peut-être découvert quelque chose.

— Quoi ? fit l'inspecteur, qui ne comprenait absolument rien.

En voyant Jessica courir vers le camion, il courut à sa suite. Jessica était tout près du camion lorsqu'il s'immobilisa. Les deux portières s'ouvrirent en même temps. Jack descendit du côté du conducteur tandis que Nadine sortait de l'autre côté. Jessica ne la connaissait pas.

Nadine s'approcha de Jack et prit congé de lui d'un pas décidé. Jessica s'arrêta et attendit Jack. Erig, qui l'avait rattrapée, se tenait près d'elle. Jack fit le tour du capot de son camion.

— Jessica ! s'écria-t-il l'apercevant.

— Jack, que fais-tu ici ? fit Jessica.

Ils s'embrassèrent chaleureusement. Ils se dégagèrent et Jack regarda Erig.

— Je m'appelle Jack.

— Moi, c'est Erig et je suis policier.

— Ça se voit, ricana Jack.

Erig prit une profonde inspiration et expira bruyamment. Jack se tourna à nouveau vers Jessica.

— J'ai été témoin de ton arrestation et je te croyais encore enfermée, répondit-il.

Pendant qu'il parlait, son regard devint très sérieux.

— Je l'ai, fit-il doucement, le sourire aux lèvres.

Jessica sentit son pouls s'accélérer.

— Tu as quoi, Jack ? demanda-t-elle avec impatience.

Jack ne dit rien, mais son regard s'intensifia. Une façon de lui faire comprendre qu'elle devait lire dans ses yeux.

— Tu as une piste, fit lentement Jessica.

Jack secoua la tête.

— Pas tout à fait.

— Tu veux dire ...

Jack signifia son accord.

— Ce n'est pas vrai... fit-elle en gémissant.

Son cœur battait de plus en plus fort et tout son corps se mit à trembler.

— Oui, Jessica... Nous avons enfin retrouvé ta sœur Hanna !

Jessica mit sa main devant sa bouche.

Jack dit :

— Je sais où elle se trouve. Allons là-bas.

Jessica se tourna vers Erig. Son expression semblait le supplier d'accepter.

— Évidemment que nous allons l'accompagner, mais ...

— Mais quoi ? fit Jack en se tournant vers l'inspecteur du FBI.

Son regard s'était un peu durci.

— Je vous crois, Jack, mais je ne vous connais pas.

Fouillant dans sa poche de poitrine, Jack sortit son passeport et le tendit à Erig. Celui-ci s'en saisit, l'examina soigneusement, puis le rendit à Jack.

— O.K., mais Jessica monte en voiture avec moi, et nous allons rouler derrière vous, exigea-t-il.

— Je comprends, fit Jack.

— Suivez-moi bien... Elle ne se trouve pas loin d'ici, dans une cabane au milieu de la forêt.

— Une cabane dans les bois ? demandèrent Jessica et Erig d'une seule voix.

Pendant quelques secondes, ils se regardèrent puis se tournèrent à nouveau vers Jack.

— C'est là qu'elle se cache. Alors, allons-y vite.

Tous deux acquiescèrent et se dirigèrent vers la voiture d'Erig.

Repassant par l'avant de son camion, Jack regagna son siège.

Peu après, on entendit le moteur rugir, mais Jack attendit que les deux autres s'installent dans leur voiture.

— Pourquoi une cachette ? demanda Jessica.

Erig haussa les épaules.

— Il nous expliquera tout ça plus tard, répondit-il.

Jessica ne pouvait se débarrasser du sentiment qu'Erig se méfiait de tout dans cette l'affaire. « Finalement, les policiers se montrent toujours soupçonneux envers tout et tout le monde », se dit-elle. Erig tourna la clé de contact et ils s'apprêtèrent à suivre le camion.

Nadine était arrivée devant sa chambre. Elle jeta un coup d'œil sur la porte d'Hanna et repensa à la manière dont elles avaient toutes deux franchi la fenêtre la veille.

Elle ouvrit la porte de sa propre chambre, entra et sursauta violemment. Jim et le garde du corps l'attendaient ; le gérant était assis de façon nonchalante sur son lit, tandis que le second fouillait dans l'un de ses tiroirs. Tous ses vêtements gisaient épars sur le sol.

Nadine saisit très vite la situation. Elle voulut s'enfuir, mais le garde du corps se précipita sur elle. Il l'attrapa par le bras et la ramena dans sa chambre.

— Lâche-moi ! cria Nadine.

Mais la main de fer qui l'immobilisait ne laissait à Nadine aucune chance.

— C'est comme cela que tu me remercies de vous avoir sorties de la drogue ? demanda le gérant d'un air déçu en la regardant froidement.

— Je vous ai mises à l'abri du Moyen-Orient et je vous ai toujours très bien traitées toutes les deux. Après tout ce que j'ai fait pour vous, c'est comme cela que tu me remercies ?

Le gérant se leva du lit et marcha lentement vers Nadine. Il donna un coup de pied à la porte pour la claquer. Le garde du corps tint fermement la femme sans défense pendant que Jim commençait à la frapper.

Le bruit assourdi des cris parvint jusqu'aux jeunes filles de la chambre voisine. Elles espérèrent qu'une telle punition leur serait épargnée.

Chapitre 19

L'inspecteur Erig roula derrière le camion de Jack qui les menait à la cachette d'Hanna. À ses cotés, Jessica était frénétique.

Lorsqu'ils arrivèrent en bordure de la forêt, Jack immobilisa son camion. Erig s'arrêta derrière lui. Jack descendit et attendit les deux autres.

Il marcha ensuite le premier, tandis que Jessica et Erig le suivaient à une certaine distance. Jack les guida à travers les fourrés.

Ils atteignirent bientôt la petite cabane. Jessica sentit alors qu'arrivait enfin ce moment qu'elle avait désespérément attendu depuis des années. Mais qu'est-ce qui se passerait si Jack s'était trompé et que ce n'était pas sa sœur Hanna ? Elle ne voulait pas y penser. Jack s'arrêta et se retourna.

— Je pense que je vais d'abord entrer et dire à Hanna que vous êtes là. En fait, elle ne sait encore rien de toi, Jessica.

— Comment cela ? voulut-elle savoir.

— J'ai un peu parlé avec elle. Elle m'a raconté que sa famille l'a donnée en adoption et qu'elle a été vendue.

— Quoi ? fit Jessica en le regardant, surprise.

Elle fronça les sourcils et eut l'air troublé.

— Ils lui ont menti. Je t'expliquerai ça plus tard ou, mieux, Hanna te l'expliquera, dit Jack.

Près de Jessica, Erig lui jeta un regard plein de compassion. Il comprenait mieux qu'elle les circonstances qui avaient conduit Hanna à croire une histoire pareille. C'est ainsi qu'on avait réussi à la soumettre.

— Jessica, fit-il en pesant soigneusement chaque mot, elle a dû endurer des choses horribles. Ces trafiquants de jeunes filles n'ont aucune pitié. Ils lui ont probablement fait subir un lavage de cerveau et ils l'ont droguée. Et cela, pour qu'elle reste toujours sous leur dépendance, car ils voulaient faire de l'argent avec elle. C'est presque un miracle qu'elle soit encore vivante.

Jack s'approcha de Jessica et posa doucement sa main sur son épaule.

— Ça ne sera pas facile pour vous deux... crois-moi ! Je pense qu'il vaut mieux que je la prépare à vous rencontrer, surtout toi, Jessica.

— Je ne veux pas attendre ! répliqua-t-elle.

— Laisse-moi d'abord lui dire quelques mots, d'accord ?

Jessica approuva à contrecœur. Erig fit un signe affirmatif, lorsque la jeune fille le regarda pour lui demander son avis.

Jack parcourut donc seul les derniers mètres jusqu'à la cabane. Jessica et Erig le suivirent de loin. Ils marchèrent sur des morceaux de branches séchées qui jonchaient le sol. Arrivé à la cabane, Jack frappa à la porte.

— C'est moi, Jack. Je suis avec les amis que j'avais promis de t'amener ! cria-t-il pour qu'Hanna puisse l'entendre depuis l'intérieur de la maison.

Tendus, Jessica et Erig ne quittaient pas la porte des yeux. Les mains de Jessica se mirent à trembler lorsqu'elle entendit le bruit d'un verrou et que la porte s'ouvrit lentement.

— Mon Dieu ! fit Erig lorsque la belle jeune femme apparut dans l'embrasure de la porte et salua Jack.

Ses yeux étaient incroyablement semblables à ceux de Jessica. Pour lui, il n'y avait plus aucun doute : Jack avait vraiment retrouvé Hanna. Hanna regarda furtivement les autres.

Jessica avait le souffle coupé. Elle avait gardé le souvenir de sa sœur à l'âge de onze ans, alors qu'elle-même n'en avait que quatre. Et maintenant, onze ans plus tard, une jeune femme aux longs cheveux bruns se tenait devant elle et la regardait.

— Incroyable ! murmura le policier.

Hanna découvrit d'abord l'inspecteur Erig. Puis, son regard glissa vers Jessica. Elle semblait se rendre compte que cette jeune fille avait quelque chose de particulier. Hanna la regarda longtemps. Jessica ne prononçait aucune parole. Elle avait les yeux rivés sur sa sœur. Cela mit Hanna mal à l'aise, elle chercha de nouveau un visage connu. Celui de Jack. Elle laissa la porte ouverte et sortit. Son regard revenait toujours sur Jessica.

— J'ai déjà vu ton visage quelque part. Voyons… fit-elle doucement.

Puis, le souvenir lui revint :

— Oui, je t'ai vue dans l'auto-patrouille. Ils t'ont emmenée.

Jessica approuva de la tête. Elle avait du mal à respirer. Alors, elle força la barrière en elle.

— Hanna ? murmura-t-elle.

Celle-ci fronça les sourcils lorsque la jeune étrangère l'appela par son nom. Jack intervint :

— Hanna, puis-je te présenter l'inspecteur Erig ?

Hanna sentait que quelque chose d'autre allait se produire. Quelque chose qui la concernait. Elle ne quittait pas la jeune fille des yeux.

— ... et voici Jessica.

Mais ce nom ne provoqua aucune réaction en elle.

— Jessica Viner, dit-il plus distinctement.

Hanna ne comprenait toujours pas.

— Ta sœur !

Les yeux d'Hanna se rétrécirent. Peu à peu, un souvenir trouble enfoui depuis longtemps lui revint. Ce nom, elle l'avait déjà entendu dans le passé, elle le connaissait même très bien.

— Hanna... C'est moi, Jessy ! fit lentement Jessica en s'approchant de sa sœur.

Hanna recula de quelques pas. On voyait qu'elle commençait à se rappeler. Puis elle secoua la tête. Elle ne pouvait pas croire ce qu'elle venait d'entendre.

— C'est moi. Je n'avais que quatre ans, répéta Jessica.

Hanna la regarda avec de grands yeux. Jessica mit ses deux mains devant la bouche.

— On nous a dit que tu étais morte. Mais moi, je t'ai cherchée si longtemps.

Soudain, des larmes se mirent à couler sur les joues d'Hanna.

— Non, c'est impossible, fit-elle.

— Je suis venue ici pour te ramener à la maison, lui assura Jessica.

Mais Hanna l'interrompit :

— Où étiez-vous ? Pourquoi m'avez-vous fait cela ?

Elle jeta à Jessica un regard plein de colère et de déception. Puis elle fit volte-face et rentra dans la cabane. Jessica la suivit. Erig voulut aussi la suivre, mais Jack lui barra le chemin de son bras.

— Laissons-les, dit-il.

L'inspecteur le regarda. Il sentit que Jack avait raison.

— Ça va prendre un peu de temps, continua ce dernier.

Il acquiesça et Jack laissa retomber son bras. Ils attendirent devant la cabane.

La lourde porte se referma sous son propre poids. Jessica et Hanna étaient maintenant seules.

— Ne t'approche pas ! fit Hanna.

Elle était bouleversée.

— Je ne fais plus partie des vôtres !

— C'est absurde, tu es ma sœur et nous avons remué ciel et terre pour te retrouver. Je t'aime, Hanna !

Alors, les larmes se mirent également à couler sur les joues de Jessica.

— Je ne sais pas ce qu'on t'a raconté, mais tu as été enlevée. La police et nous-mêmes, ta famille, t'avons cherchée pendant des années.

Hanna s'assit sur le lit et regarda le visage de Jessica. Malgré toute la confusion, elle savait que c'était bien sa sœur qui était devant elle.

Jessica s'installa sur une chaise en bois à côté d'une vieille table et ne quitta plus Hanna des yeux. Sa voix se mit à vibrer lorsqu'elle continua à parler.

— Pendant des années, j'ai rêvé de toi. Jamais je n'ai cru que tu étais morte. Ce que les autres nous racontaient, ça m'était bien égal. J'ai toujours senti, dans mon cœur, que tu vivais encore. Je me suis tellement languie de toi, et maintenant te voilà... Je ne te laisserai plus jamais partir !

Il y eut un grand silence. Elles se dévisagèrent.

— Je ne sais plus quoi croire. Il y a si longtemps, dit doucement Hanna. Je ne reconnaîtrais même pas maman et papa... Ni même ma grande sœur, euh... Je ne sais même plus son nom !

— Marlène, répondit rapidement Jessica.

— Marlène... Oui, c'est ça ! Sont-ils encore tous vivants?

Jessica fit oui de la tête. Hanna se croisa les bras. Jessica se leva de sa chaise et s'assit sur le lit près de sa sœur. Elle effleura ses mains.

La jeune fille vit que sa sœur avait accepté sa souffrance depuis des années et qu'elle était capable de composer avec ses tourments. Hanna avait dû réprimer ses sentiments, sans quoi jamais elle n'aurait pu survivre.

— Oh, mon Dieu ! Hanna, qu'ont-ils fait de toi durant toutes ces années ? murmura Jessica, en mettant ses bras autour du cou de sa sœur.

Au bout d'un moment, l'attitude crispée d'Hanna se relâcha. Elle prit également Jessica dans ses bras et enfouit son visage dans son épaule.

Chapitre 20

Après avoir roulé jusqu'à la lisière de la forêt, deux Mercedes de couleur sombre s'arrêtèrent. Les portières s'ouvrirent et deux hommes descendirent de chaque voiture. L'un d'eux portait un complet. C'était le garde du corps.

Il regarda furtivement par-dessus le toit des voitures. Mais il n'y avait personne en vue, uniquement la forêt, les deux voitures et les quatre hommes.

Le garde du corps fit un signe aux autres. Les hommes se rendirent à l'arrière de leur voiture et en ouvrirent la malle. Chacun d'eux tenait une arme. L'un avait un fusil à pompe qui tire des munitions à plomb pouvant déchiqueter un corps humain.

— Allons régler cette affaire, les gars ! dit le garde du corps.

Les hommes acquiescèrent et se mirent en route. Ils laissèrent les portières des voitures ouvertes.

Au bout de quelques minutes de marche, ils découvrirent la cabane. Tout semblait calme. Deux des hommes s'approchèrent furtivement de la porte. Ils l'ouvrirent brusquement et pénétrèrent, les armes à la main. Mais, peu après, le premier ressortit en haussant les épaules.

— Elle n'est pas là ! s'écria-t-il.

Les autres baissèrent leur arme.

— Merde et merde ! jura le garde du corps, en donnant un coup de pied sur une grosse branche basse, la cassant d'un coup.

Elle tomba lourdement sur le sol mou.

— Merde, cette salope nous a menti alors. L'autre homme sortit de la maison et s'arrêta sur le seuil de la porte.

— Regardez, elle est bien passée par ici ! s'écria-t-il en montrant une boîte de conserve ouverte dans laquelle il restait quelques haricots. Ils sont encore frais.

— Hum, grommela le garde du corps.

Il examina le sol et découvrit de nombreuses empreintes.

— Elle n'était pas seule.

Un des hommes qui était retourné près des automobiles, les appela :

— Il y a des traces de pneus encore fraîches près des voitures. Nous avons été devancés !

— Allez, on rentre les gars, dit le garde du corps en faisant demi-tour.

Tout en marchant, il sortit son portable et composa un numéro. Un homme répondit.

— Nous l'avons manquée d'un cheveu, dit le garde du corps.

Son interlocuteur lui répondit par une question.

— Oui, chef, ils sont plusieurs, affirma le garde du corps. Je ne sais pas combien, ni si c'était la police ou pas. Mais ça m'est égal. De toute façon, on continue à fouiller les environs avec nos véhicules. Ils ne peuvent pas être loin.

— J'appartiens à ce monde-là ! fit Hanna.

Jessica niait énergiquement. Les deux sœurs se trouvaient devant la voiture qu'Erig avait garée devant une pompe à essence. Jack aussi s'était arrêté à la station service pour y faire des provisions en vue de son long voyage de retour.

— Tu viens avec nous à la maison, suggéra fortement Jessica.

Mais Hanna lui coupa la parole.

— Tu ne connais pas ces gens. Ils prennent soin de toi, ils veillent sur ton bien-être, mais ils décident tout pour toi. Ils font tout pour obtenir ce qu'ils veulent, tu comprends ? Tout !

— Mais JE les connais, moi, ces gens ! interrompit Erig.

Il regarda les deux femmes.

— Oui, TOI, parce que tu es un flic ! Qu'est-ce que tu crois ? Tous ces flics avec qui je l'ai fait, j'en connais quelques-uns ! Beaucoup d'entre vous sont mouillés jusqu'au cou dans cette organisation... Et ne commence pas avec tes conneries sur la loi et l'ordre. Ce sont ces types-là qui détiennent vraiment le pouvoir !

Erig leva l'index et le pointa dans sa direction :

— Tu as certainement appris à bien connaître cette facette-là, Hanna, mais maintenant tu vas en connaître une nouvelle. Ce sera une première pour toi !

Hanna n'était pas convaincue.

— Comment comptez-vous me faire passer la frontière, hein ? Je n'ai même pas de passeport !

— Attends, répliqua Erig.

— Dès qu'on aura passé la frontière, je ne te laisse plus partir ! fit Jessica.

Elle la regarda. Chaque fois qu'Hanna lui livrait plus de détails sur elle-même, son cœur brûlait et une immense colère l'envahissait, menaçant presque de l'étouffer.

Mais aussi terribles que soient ses pensées, rien ne pouvait l'empêcher de vouloir à tout prix ramener enfin sa sœur à la maison.

— Ils vont me poursuivre et me rattraper. D'ailleurs, je ne sais même pas pourquoi j'ai eu l'idée de m'enfuir.

— Hanna, nous allons te procurer un passeport légal, je te le promets ! lui assura Erig.

Il s'était vite rendu compte que les prétextes d'Hanna venaient surtout de l'énorme crainte que ces brutes lui inspiraient. Le portable d'Erig retentit.

— Cusack, c'est toi ? répondit l'inspecteur, en tournant le dos aux deux jeunes femmes afin de pouvoir converser tranquillement avec son supérieur. Tu me rappelles enfin !

Sur ces entrefaites, Jack revint du magasin, chargé de plusieurs sacs. Erig se mit un peu à l'écart et resta près du camion.

— Oui, je t'entends mieux maintenant. Nous avons retrouvé Hanna, elle est vivante !

Assis devant son bureau, Cusack devait se concentrer pour saisir les paroles de son collègue, tellement c'était bruyant autour d'Erig.

— Dis donc, c'est sensationnel ! Je te félicite ! répondit-il.

— Nous avons besoin d'un passeport provisoire pour Hanna, dit Erig. Sinon, elle ne pourra pas traverser la frontière des États-Unis.

Cusack prit un petit bloc-notes sur son bureau et y griffonna quelques lignes.

— Alors, je fais le nécessaire pour qu'Hanna puisse passer la frontière avec vous le plus tôt possible. Nos fonctionnaires ont d'excellents contacts avec l'administration canadienne. Je vais te préparer tout ça. Où vous trouvez-vous ?

— Nous nous dirigeons vers la frontière. Nous logerons quelque part en attendant si nécessaire, répondit Erig.

— Bien, tiens-moi au courant. Je m'occupe du reste et j'espère recevoir les papiers assez vite, peut-être d'ici quelques heures.

— Je te remercie, Cusack. Je suggère d'attendre un peu avant de téléphoner aux Viner. Nous devons les ménager et les préparer progressivement au fait que leur fille est encore vivante. Finalement, elle a passé la moitié de sa vie entre les mains de ces gangsters.

— Je comprends.

— Appelle-moi quand tu auras les papiers, nous prenons le chemin du retour.

Puis l'inspecteur mit fin à la communication et remit son portable dans la poche de son pantalon.

— Fin d'une longue et tragique odyssée, murmura-t-il pour lui-même.

Il fit demi-tour et rejoignit les autres. Près de la voiture, Jack était occupé à prendre congé de Jessica et Hanna.

— Jack, tu as notre adresse à Everett ? Je t'en prie, viens nous rendre visite dès que possible, fit Jessica en l'embrassant sur la joue.

Jack regarda Jessica, puis il se tourna vers Hanna qui ressentait encore de l'insécurité parmi tous ces étrangers.

Pour Jessica aussi, c'était déroutant de revoir sa sœur après tant d'années. Elle lui était fort étrangère. Toute trace d'intimité entre elles avait disparu. Jessica se souvenait même très peu de leur relation à l'époque. Mais cela lui était égal. Hanna avait été forcée de vivre toutes ces années loin de sa famille.

La police avait accepté l'idée qu'elle avait été assassinée. Pour beaucoup de gens, c'était la seule conclusion possible de l'affaire. Un semblant d'ordre était revenu peu à peu dans la vie de Jessica, jusqu'au moment où elle avait reçu la photographie envoyée par Sarah.

Ce n'était que depuis quelques heures que cette piste s'avérait finalement être la bonne. À peine Erig avait-il rangé son téléphone que celui-ci sonna de nouveau.

Il fit un signe à Jack pour lui demander d'attendre avant de se mettre en route avec son chargement. Jack le rassura par un petit sourire. Erig se mit un peu à l'écart afin de pouvoir converser plus discrètement. Jack regarda Hanna et lui dit :

— Tu vas avoir une bonne vie à présent. Tu ne sais encore rien de cette nouvelle existence. Mais, essaie-la tout simplement et profites-en. Car la famille et les amis qui vont t'entourer à l'avenir sont les gens les plus importants dans ta vie, fit Jack en posant sa main sur son épaule.

Il pouvait lire dans ses yeux ses doutes sur son avenir, mais il savait qu'elle avait compris.

— Tout sera nouveau pour toi, mais peut-être que les souvenirs du passé vont t'aider à franchir le cap. Il y a Jessica, tu sais, elle aurait donné sa vie pour te retrouver. C'est une femme extraordinaire et une des plus fidèles amies que tu pourras trouver pour commencer ta nouvelle existence.

Le regard d'Hanna glissa vers sa sœur. Jessica ne savait pas très bien comment elle devait réagir, mais elle était sûre et certaine que Jack avait raison

— Hanna, nous devons apprendre à nous connaître. Je ne te laisserai plus jamais seule, dit-elle.

Leurs regards se rencontrèrent.

— Je ne sais pas, murmura Hanna.

Jessica prit la main de Hanna et la serra sur son cœur.

— Allô ! fit Erig, en répondant au téléphone.

Il regarda l'afficheur, mais ne put pas identifier son correspondant.

— Allô ! Ici Maurin.

— Ah, je voulais justement vous appeler, dit Erig.

Un groupe de motards s'approchèrent de la pompe à essence en faisant tant de bruit qu'il dut se boucher l'autre oreille pour mieux entendre.

— Je viens de prendre un message de votre supérieur sur mon répondeur. Alors, il semble que vous avez réellement retrouvé Hanna, après tous les échecs rencontrés par notre département. Permettez-moi de vous féliciter !

— Merci, Maurin. Mais c'est un grand coup du hasard qui nous a menés jusqu'à elle, répondit doucement Erig. C'est de la chance pure.

— Vous savez que je suis encore là, n'est-ce pas ? Et que je me préoccupe aussi de vos papiers. Je vais immédiatement aviser votre supérieur et faire tout le nécessaire. Peut-on se rencontrer ? Je suis justement dans les environs de Dandoo, près de la frontière canadienne. Je vais peut-être recevoir les documents que les fonctionnaires vont établir pour Hanna.

— Ça nous aiderait vraiment, Maurin. Pour vous, la résolution de l'affaire est aussi un soulagement, non ?

Maurin confirma en laissant échapper un soupir.

— Vous n'imaginez pas tout ce que cela a représenté pour moi durant toutes ces années. Les premiers jours, les premiers mois et finalement, les années où l'espoir de la retrouver s'amenuisait de plus en plus, jusqu'à ce que je sois obligé d'abandonner les recherches... Vous figurez-vous à quel point je suis heureux qu'on ait retrouvé Hanna ? Peu importe par quel hasard, Dieu s'est montré bienveillant. Vous savez, j'ai une fille de l'âge d'Hanna ; il m'était donc devenu insupportable de ne pas pouvoir éclaircir cette tragédie.

— Je vous comprends. Pour être honnête, nous le devons à sa sœur Jessica. Sans son engagement extraordinaire ainsi qu'une suite de hasards, c'est probable que nous n'aurions jamais retrouvé Hanna...

Le regard de l'inspecteur glissa vers Jessica qui l'aperçut et lui adressa un sourire. Erig lui rendit son sourire avant de poursuivre sa conversation.

À la pompe à essence, le bruit avait presque cessé. Après avoir éteint leur moteur, les motards s'étaient dirigés vers le restaurant.

Il éloigna l'appareil de son oreille et s'appuya contre le camion de Jack.

— Donc, on se rencontre là-bas, dès que j'ai les papiers ?

— Bien sûr, mais je crois qu'il nous reste deux ou trois heures de route à faire.

— Pas de problème, appelez-moi quand vous serez arrivé.

— D'accord, répondit Erig.

La tension des derniers jours se relâchait peu à peu.

— Et encore merci de nous aider pour les papiers !

— C'est le moins que je puisse faire, Erig. C'est moi qui vous remercie d'avoir résolu l'affaire. Maintenant, je peux prendre ma retraite en paix l'an prochain.

— Bon, alors à bientôt, Maurin.

Après qu'ils eurent pris congé l'un de l'autre, Erig remit son portable dans son sac, puis rejoignit Jack qui attendait.

L'inspecteur sortit une carte professionnelle de sa poche de poitrine et la lui tendit.

— Vous pouvez toujours m'appeler au cas où vous auriez besoin de quelque chose. Nous devrons aussi nous revoir pour établir le procès-verbal.

— Naturellement, monsieur l'agent, je serai là, répondit Jack.

— Merci beaucoup pour votre aide précieuse. Je ne l'oublierai pas ! fit Erig qui prit congé en souriant, après avoir reçu une énergique poignée de main de Jack.

Le camionneur lui rendit son sourire, puis se tourna à nouveau vers Hanna et lui effleura la joue.

— Une chose est sûre : tu as trouvé un nouvel ami, dit-il.

Soudain un peu timide, Hanna lui sourit. S'approchant de Jessica, il l'embrassa :

— Fais bien attention. Elle est ce que tu as de plus précieux, crois-moi !

Jessica comprit exactement ce que Jack voulait dire. Enfant, il avait perdu la camarade de jeu qu'il chérissait le plus et, avec elle, un être humain important pour lui.

Elle crut voir des larmes dans les yeux de Jack. Peut-être était-ce des larmes de joie. Il fit demi-tour, regagna son camion et grimpa dans la cabine. Il leur envoya un dernier signe de la main et mit le moteur en route. Jessica, Hanna et Erig regardèrent le poids lourd rejoindre la voie d'accès, puis s'élancer sur la route nationale.

— Il prend la même direction que nous, observa Érig. Nous allons bientôt le rattraper.

Jessica sourit et regarda longtemps le camion s'éloigner.

Chapitre 21

Au volant de son camion depuis plusieurs heures, Jack était attentif à la circulation relativement fluide. Il lui semblait qu'une éternité s'était écoulée depuis qu'il avait fait ses adieux à Jessica, à sa sœur et au policier.

— Qu'ils rentrent sains et saufs chez eux ! souhaita-t-il.

Subitement, il eut une idée. Il fouilla dans la poche de son pantalon et en sortit son portefeuille. Après quelques mouvements acrobatiques, il en extirpa une petite photographie noir et blanc vieillie. Il la coinça dans une fissure du tableau de bord et la regarda avec attention.

— Je t'aime, mon amie ! dit-il à voix basse.

Il savait que Jessica et les autres devraient bientôt atteindre la frontière. Il se remémora tout ce qu'il avait vécu ces derniers jours. Puis il repensa à l'incroyable tragédie vécue par la famille Viner. Il regarda encore la photographie et sourit.

En jetant un coup d'œil dans son rétroviseur pour examiner la route presque déserte, il remarqua deux voitures de marque Mercedes arrivant à grande vitesse. Jack fronça les sourcils.

— Ils sont pressés ceux-là ! murmura-t-il en regardant à nouveau droit devant lui.

Les deux voitures déboîtèrent afin de dépasser le camion de Jack.

Il n'y avait pas de danger puisque aucune voiture n'arrivait dans l'autre sens. Par habitude, Jack regarda par la fenêtre latérale de sa cabine au moment où les deux Mercedes de couleur sombre le dépassèrent pour se ranger ensuite devant lui. Mais, soudain, il sursauta lorsqu'il reconnut un des hommes dans la seconde voiture.

— Le garde du corps de la boîte de nuit ! murmura-t-il en se baissant un peu.

Mais heureusement, l'homme musclé vêtu d'un costume noir stylé ne leva pas la tête pour le regarder. Quelques minutes plus tard, les deux voitures n'étaient plus que deux petits points à l'horizon, puis elles disparurent.

— Quelle coïncidence extraordinaire, grommela Jack à mi-voix. Ils vont dans la même direction que nous !

Mais il ne croyait pas à de tels hasards, encore moins depuis les rebondissements des derniers jours. Il se demanda si cet homme et ses associés étaient à la recherche d'Hanna ou s'ils étaient en route vers une autre destination et passaient devant lui vraiment par hasard.

Jack ouvrit la boîte à gants et y prit une petite carte de visite blanche sur laquelle étaient inscrits le nom et le numéro de téléphone d'Erig, l'agent du FBI.

À présent, le camion de Jack était seul sur la route secondaire. Il saisit son portable et forma le numéro indiqué sur la carte. Il dut patienter plusieurs minutes avant qu'une femme prenne enfin la communication dans le bureau d'Erig.

— Je voudrais parler à monsieur Marcel Erig, dit Jack.

Il jeta encore un coup d'œil sur la carte pour vérifier s'il ne s'était pas trompé de prénom. Puis il regarda de nouveau la route.

— On ne peut pas le joindre pour le moment. Puis-je vous aider ? demanda la femme.

— Oui, vous pouvez lui demander de me rappeler le plus tôt possible. J'ai quelque chose d'important à lui dire. S'il vous plaît, hâtez-vous, car la situation pourrait devenir très dangereuse.

Au même moment, Jessica, Hanna et Erig descendirent de leur véhicule. L'après-midi était déjà avancée et ils se trouvaient devant l'hôtel *Four Seasons* dans une petite ville près de la frontière des États-Unis.

— Nous ferons une halte ici, dit l'inspecteur. Je vais louer deux chambres jusqu'à ce que nous recevions les papiers d'Hanna, sans doute demain.

Accompagné des deux femmes, Erig grimpa l'escalier conduisant à l'entrée. Ils se dirigèrent vers la réception et il réserva deux chambres. Le réceptionniste les détailla du regard et leur donna les clés, après leur avoir communiqué les renseignements habituels.

Ce n'était pas un établissement particulièrement luxueux, mais un hôtel de niveau moyen. Au moins, il y avait des lits propres et une douche dans chaque chambre.

— Je suppose que vous voulez d'abord vous rafraîchir avant d'aller souper ?

Jessica et Hanna acquiescèrent toutes les deux.

— J'attends en bas et j'essaie de rejoindre Maurin. Peut-être que nous n'aurons même pas à passer la nuit ici, fit Erig en tendant une clé à Jessica.

— On se retrouve ici dans une heure, d'accord ?

Jessica dit oui de la tête et s'en alla de son côté, suivie par Hanna.

— Lorsque nous saurons quand tu auras ton passeport, j'aimerais appeler papa et maman pour leur annoncer que nous arrivons. Je suis si excitée ! fit Jessica.

D'après le numéro de leur clé, leur chambre se trouvait au troisième étage. Elles montèrent donc les escaliers pour la rejoindre, où elles allaient enfin pouvoir se reposer un peu.

Erig s'installa dans un des fauteuils libres qui se trouvaient dans le *lobby*. Puis, il reprit son portable. Jessica ouvrit la porte et les deux femmes entrèrent. Elles apprécièrent la chambre, petite mais très propre. Hanna se dirigea vers la salle de bains et Jessica aussi.

Hanna commença à se déshabiller. Elles laissèrent leur sac par terre à côté du lit. Jessica quitta la salle de bains et s'allongea en travers du lit. Elle prit la télécommande et alluma la télévision en laissant le son très bas. Elle entendit le bruit de la douche.

Jessica se déshabilla à son tour et se regarda dans le miroir. Cela faisait des jours qu'elle ne s'était pas regardée. Sa dernière douche datait de son séjour dans la cellule du poste de police de Calgary.

Elle examina ses nombreuses contusions qui commençaient à peine à s'estomper. Si certains endroits étaient encore sensibles, les douleurs avaient pour la plupart disparu.

Cependant, les taches bleues sur son bas-ventre témoignaient des mauvais traitements qu'elle avait subis. Lorsqu'elle les toucha, elle tressaillit. Les douleurs revinrent et lui rappelèrent que rien n'était guéri.

Hanna, qui avait ouvert la porte de la salle de bains pour faire sortir la vapeur, se tenait debout devant le miroir. Elle brossait ses longs cheveux humides. Jessica retira ses derniers vêtements et alla prendre une douche.

Au bout de quelques minutes, elle avait terminé. Elle sortit de la salle de bains et se frictionna énergiquement les cheveux avec une serviette. Hanna avait presque fini de se rhabiller. Elle semblait fébrile.

— Il y a quelque chose qui presse ? demanda Jessica.

— Je pars, répondit-elle à la jeune fille abasourdie. C'est le bon moment.

— Hanna, non... supplia Jessica. Tu ne peux pas faire ça, je viens de te retrouver !

Ses yeux se remplirent de larmes et elle regarda sa sœur. Hanna savait exactement ce que Jessica ressentait en ce moment.

— Je n'appartiens plus à cette famille. Je...

— Évidemment que tu fais partie de notre famille. Maman, papa et Marlène attendent depuis si longtemps ton retour ! répliqua Jessica.

— Non. On m'a convaincue que j'avais été vendue. Je me suis sentie rejetée. Des années plus tard, tu me retrouves et tu m'apprends que tout cela était faux. Ma famille, c'était les gens des bordels. C'est avec eux que j'ai passé mon enfance.

Jessica s'assit. Hanna resta debout et continua à parler.

— Ce sont eux qui ont décidé pour moi, eux qui m'ont toujours protégée. Mais où étiez-vous donc, lorsque j'avais peur et que je ne savais pas ce qui allait m'arriver ? Et il y a des années, quand ces hommes m'ont emmenée ? Où était maman, où était papa ? Tu sais, j'ai dû apprendre des choses que tu ne peux même pas imaginer et j'ai traversé l'enfer plusieurs fois. Sais-tu que j'ai failli être revendue en Iran ? Je me débrouille toute seule. Ce n'est pas la première fois que j'échappe de justesse à la mort, je suis toujours menacée. Je ne m'en fais plus.

Hanna fit une légère pause avant de continuer sur sa lancée.

— J'ai fait deux tentatives de suicide, avoua-t-elle. J'ai consommé beaucoup de drogues. J'ai pris de la cocaïne et j'ai appris à vivre dans tout ce luxe. En fait, je ne connais rien d'autre. Non, Jessica, je n'arrive même plus à me souvenir de toi, pour ne pas parler du reste de la famille... Je vais disparaître par la porte arrière.

Jessica l'attrapa par le poignet.

— Non, tu ne t'en iras pas ! dit-elle d'un ton énergique. Sais-tu ce que ça fait quand un beau jour ta sœur ou ta meilleure amie ne revient plus à la maison ? Quand la police répète sans cesse qu'ils n'ont trouvé aucune trace, et que nous... Que moi, toute ma vie, j'ai dû vivre avec l'idée que tu étais peut-être morte, mais ça, tu ne le sais pas ? Y as-tu seulement déjà pensé ? Sais-tu ce que ça me faisait de les voir tous pleurer ? Pendant toutes ces années, jamais nous n'avons oublié ton anniversaire, ces jours atroces où maman, papa, Marlène et moi allumions une bougie dans l'espoir de te revoir un jour ?

Jessica laissa librement couler ses larmes.

— Alors on priait, et nos pensées étaient toujours avec toi, continua-t-elle malgré ses pleurs Nous avons toujours voulu croire qu'un jour, tu serais à nouveau dans nos bras... Surtout moi. C'était mon but dans la vie et ma croyance. Hanna, tu ne peux pas t'en aller comme ça, pas après tout ce qui s'est passé !

Hanna la regarda, l'air pensif. Les paroles de Jessica avaient ouvert une porte en elle qu'elle avait déjà fermée à clé depuis de longues années.

— Je sais que cela ne sera pas facile pour toi. Mais j'offre ma vie pour toi, Hanna... Je t'en prie, reste. Tu ne seras plus jamais seule. Je te protégerai de toutes mes forces. Je te le promets. Fais-le pour moi !

Toujours assis dans le fauteuil du salon, Erig s'entretenait au téléphone avec Jack. Celui-ci lui apprit qu'il avait vu sur la route les hommes de main de la boîte de nuit où travaillait Hanna. Il y avait donc de fortes chances qu'ils soient sur leurs traces.

— Jack, je vous remercie pour cet avertissement. Vous savez quoi ? Vous devriez nous rejoindre à l'hôtel pour le souper, proposa Erig.

— Oui, très volontiers ! répondit Jack. Je prends de toute façon cette route jusqu'à la frontière. Vous êtes à quel hôtel ?

— Le *Four Seasons.* Je suis sûr que les deux filles, Jessica surtout, se réjouiront énormément de vous revoir, affirma l'inspecteur.

— Mais, questionna Jack, qu'est-ce que vous allez faire avec ces types qui vous suivent ?

Erig répondit :

— Ne vous en faites pas, Jack. Personne ne sait où nous sommes. S'ils nous recherchent, il leur faudra plusieurs jours, voire plusieurs semaines pour nous retrouver. Mais je vais prendre certaines mesures pour le passage de la frontière.

Après avoir remercié Jack, Erig coupa la communication. Assis confortablement dans son fauteuil, il réfléchissait.

Comme il n'avait pas réussi à parler à Maurin, il fut d'autant plus surpris lorsque son portable retentit à nouveau et qu'il entendit la voix de Maurin.

— Ah ! Je viens justement d'essayer de vous rejoindre.

Il écouta avec beaucoup d'attention.

— Vous avez pu obtenir le passeport de Hanna, aussi vite ? Super ! s'écria Erig joyeusement.

— Oui, nous devrions nous rencontrer immédiatement, répondit Maurin à l'autre bout du fil. Je ne suis pas loin et déjà en route. Savez-vous comment aller à Dandoo ?

Erig répondit que non. Il ajouta qu'il préférait le rencontrer lui aussi, parce qu'il craignait que des gens soient sur leurs talons.

— Autant arranger les choses tout de suite, ramener les deux jeunes filles chez elles et nous occuper de ces types, dit-il d'un ton imperturbable.

Maurin lui donna alors les indications pour se rendre à leur point de rencontre :

— Roulez jusqu'à la sortie de Dandoo, puis continuez sur la route secondaire. Là, vous verrez la petite localité de Dandoo. C'est un trou, il n'y a que quelques vieilles maisons.

— O.K., on se retrouve là-bas dans une heure, répondit Erig en regardant sa montre. Et encore merci mille fois pour la peine !

« Les filles doivent être prêtes maintenant », pensa-t-il. Il était content de ne pas avoir dû s'occuper lui-même de toute la paperasserie administrative. Erig voulut rappeler Jack pour lui dire qu'ils reprenaient déjà la route, mais il n'arriva pas à le joindre.

Il alla immédiatement à la réception et annonça au réceptionniste qu'il avait changé ses plans. Il lui demanda d'envoyer la facture à son adresse et lui donna sa carte de visite. L'homme se montra compréhensif. Erig déposa quelques dollars sur le comptoir en guise de pourboire et le remercia.

— Où allez-vous ensuite ? demanda l'homme dont les bonnes dispositions avaient augmenté à la vue du pourboire.

— À Dandoo, répondit Erig brièvement.

Il monta les escaliers d'un pas rapide, pensant déjà au rendez-vous avec Maurin. Il avait hâte d'annoncer aux deux femmes la bonne nouvelle concernant les papiers.

Le réceptionniste bougea légèrement la tête, en murmurant pour lui-même :

— Dandoo ?

— S'il te plaît, fais-le pour moi, Hanna ! répéta Jessica.

Elles s'observèrent longtemps en silence.

— J'ai toujours su que tu vivais, et qu'un jour je partirais à ta recherche. Mon Dieu, je t'ai retrouvée et je voudrais être avec toi... Tu sais, tout est arrivé par le plus grand des hasards. Si Sarah n'avait pas essayé d'obtenir de l'argent par mon intermédiaire, je ne serais pas ici.

— Sarah ? questionna Hanna en fronçant les sourcils.

Jessica hésita.

— Oui, Sarah. Elle se trouve à l'hôpital, gravement blessée. C'est à elle que je dois d'être ici. Elle m'a racontée que vous vous êtes connues, il y a longtemps.

Hanna s'assit sur le lit à côté de Jessica. Elle posa les mains sur ses genoux et la regarda intensément.

— Sarah, murmura-t-elle.

— Je connaissais une Sarah... C'est une fille asiatique.

— C'est elle ! répondit vivement Jessica.

Des larmes coulèrent sur le visage d'Hanna. Jessica n'avait encore jamais vu sa sœur aussi bouleversée.

— Sarah vit encore ? demanda Hanna angoissée, en regardant Jessica.

Dans son regard, il y avait une nouvelle lueur d'espoir. On aurait dit que ce nom avait eu le pouvoir magique de libérer les sentiments d'Hanna. Hanna devait avoir vécu beaucoup de choses avec Sarah. Jessica avait le sombre pressentiment qu'elles devaient partager d'affreux souvenirs.

— Nous nous sommes protégées mutuellement... sanglota Hanna.

Soudain, on frappa à la porte.

— C'est moi ! fit une puissante voix d'homme.

— Un instant, inspecteur. Nous ne sommes pas encore habillées ! cria Jessica pendant qu'Hanna essuyait ses larmes.

Elle se hâta d'enfiler ses vêtements. Hanna semblait avoir renoncé à ses plans d'évasion. « Pour le moment », pensa Jessica. Dès qu'elles furent prêtes, elles invitèrent Erig à entrer.

Il ouvrit la porte et fut agréablement surpris par la vue des deux jeunes femmes fraîchement douchées. Hanna était encore plus jolie qu'avant, et Jessica avait à nouveau presque l'air normal. On ne remarquait seulement que sa blessure au visage, qui formait encore une croûte.

— J'ai de bonnes nouvelles. Maurin nous a procuré un passeport pour passer la frontière. Donc, nous pouvons continuer notre voyage.

— Qui est Maurin ? demandèrent-elles toutes les deux.

— C'est un autre agent du FBI, celui qui a mené l'enquête sur la disparition d'Hanna, il y a onze ans.

— Quand partons-nous ? demanda Jessica fébrile.

— Tout de suite. Nous allons retrouver Maurin, prendre le passeport, puis nous continuerons notre route. Naturellement, il sera très tard quand nous aurons rejoint votre maison. Mais là, nous serons en sécurité.

— En sécurité, comment ça ? demanda Hanna.

— Jack m'a appelé pour me dire qu'il avait repéré des gens suspects qui semblaient prendre la même direction que nous. C'est pour cela que l'arrivée du passeport tombe à point. Car je pense qu'ils ne nous poursuivront pas au delà de la frontière.

— Jack ? fit Jessica.

— Oui, Jack. Il les a reconnus alors qu'ils le dépassaient sur la route. Il devait aussi s'arrêter pour souper avec nous ce soir. Mais je vais lui laisser un message à la réception, parce que je n'arrive plus à le rejoindre. On y va ?

Toutes deux acquiescèrent, mirent leur sac à l'épaule et le suivirent. Ils s'arrêtèrent à la réception où Erig laissa un message pour Jack. Puis ils se retrouvèrent dehors.

La voiture bleue de l'inspecteur était stationnée près de l'hôtel. Erig déverrouilla les portières. Le soleil très bas éclairait les cheveux de Jessica et créait des reflets rouges dans la longue chevelure d'Hanna.

Les filles grimpèrent à l'arrière et jetèrent leur bagage au fond de la voiture. Erig mit le moteur en marche et leur voyage vers Dandoo commença.

Une demi-heure plus tard, Jack arriva à l'hôtel. La présence de son camion était inhabituelle dans le stationnement de l'hôtel normalement réservé aux autocars de touristes. Jack alla directement à la réception. On lui transmit alors le message d'Erig. Déçu qu'ils soient déjà repartis, mais content que la question du passeport soit réglée, il replia le message. Il le mit dans sa poche et remercia le réceptionniste.

— Je suis désolé pour vous, fit celui-ci.

Jack prit un air dubitatif sans pouvoir dissimuler sa déception.

— Il n'y a qu'une demi-heure qu'ils sont partis, en direction de Dandoo. Peut-être que vous pouvez y retrouver vos amis. Il ne devrait pas y avoir foule dans cette ville fantôme à ce temps-ci de l'année, ajouta le réceptionniste.

Il cherchait à consoler Jack, mais celui-ci fronça les sourcils.

— Que venez-vous de dire, une ville fantôme ?

— Oui, Dandoo est une ville fantôme, une attraction touristique. Mais là, on est hors saison.

— Il m'a dit qu'ils voulaient aller y chercher le passeport… Eh, un instant !

Jack sortit le bout de papier de la poche de son pantalon et relut les quelques lignes.

— Lisez ! dit-il à l'homme.

Le réceptionniste lut le message écrit à la main et le rendit à Jack.

— Ça doit être une erreur, Monsieur. Il n'y a à Dandoo que cinq maisons presque en ruine, mais qui ont chacune une histoire, à l'époque quand…

— Bon sang ! Le savait-il ?

L'homme fit signe que non.

— Il ne m'a rien demandé. Je pensais que c'était des touristes qui voulaient visiter la ville… Que se passe-t-il alors ?

— Ah, j'aimerais bien le savoir moi aussi ! répondit Jack.

L'inquiétude se lisait sur son visage.

— Comment puis-je me rendre là-bas ?

Chapitre 22

— Je crois que c'est près d'ici, dit Erig qui roulait déjà depuis dix minutes sur un petit chemin forestier.

Soudain, ils aperçurent cinq vieilles baraques qui se dressaient devant eux. C'était de grandes et longues maisons datant de l'époque coloniale. Elles avaient été restaurées et l'ensemble donnait l'impression d'un endroit touristique.

— Je ne vois personne, nous devons probablement continuer jusqu'à Dandoo, fit Jessica.

— Mais, d'après le dernier panneau indicateur, ceci est Dandoo, répliqua Erig en jetant un coup d'œil dans son rétroviseur.

Lui non plus n'était plus très sûr de son opinion. Il examina attentivement les lieux.

— Je me suis peut-être égaré, dit-il en saisissant son portable.

Mais lorsqu'il l'alluma, il remarqua qu'il ne pouvait pas obtenir la connexion.

— Pas de chance ! fit-il, en remettant l'appareil dans sa poche.

— Je crois que nous devrions continuer, dit Hanna prudemment.

— Oui, je le crois aussi, fit Jessica en appuyant l'opinion de sa sœur.

Bien qu'il s'agisse d'un endroit ordinaire, il semblait y avoir quelque chose d'étrange.

Le vent soufflait entre les gros sapins. Les buissons vacillaient en faisant un bruit particulier.

— O.K., on retourne vers la route principale et je vais essayer de contacter Maurin. Dans cette vallée, le téléphone est hors réseau.

Mais au moment où Erig voulut faire un demi-tour pour reprendre le chemin forestier dans l'autre sens, il aperçut une lumière dans son rétroviseur.

Il regarda vers l'arrière. Une voiture de couleur sombre s'était immobilisée non loin d'eux. La portière s'ouvrit, et un homme en descendit. Vêtu d'un complet foncé, il marchait d'un pas assuré.

— C'est Maurin, dit rapidement Erig. Alors, nous sommes au bon endroit.

Jessica et Hanna se tournèrent vers l'arrière pour le regarder. Erig arrêta le moteur et descendit de la voiture pour aller à la rencontre de Maurin. Il s'approcha et lui tendit la main pour le saluer.

— Bonjour, Maurin. C'est bien ici qu'on doit se rencontrer ? Je croyais que nous nous étions égarés !

— Non, je pensais que ceci était un lieu plus sûr.

— Hum, répondit Erig.

Il se déplaça légèrement sur le côté, de sorte qu'on pouvait facilement observer Maurin depuis la voiture.

— C'est l'homme qui s'est occupé de nous pendant des années. Il a dirigé les recherches pour te retrouver, expliqua Jessica.

Hanna se redressa un peu pour mieux le voir. Subitement, tout son corps se mit à trembler.

Jessica s'en aperçut immédiatement.

— Hanna, qu'est-ce que tu as ?

Haletante, la jeune fille dit d'une façon à peine audible :

— Oh, mon Dieu !

Une expression de panique se lisait dans ses yeux. La même qui apparaissait sur la photographie que Sarah avait envoyée à Jessica.

— Ces yeux... Ce visage... bégaya Hanna.

— Quoi donc ? Dis-le, Hanna !

— C'est cet homme qui m'a entraînée de force dans sa voiture quand j'étais enfant. Jamais, je ne pourrai oublier ce visage.

La nouvelle traversa le corps de Jessica comme la foudre. Elle se mit à trembler violemment.

— Quoi ? Disparaissons d'ici ! dit-elle rapidement, en rampant entre les sièges jusqu'au volant.

Mais elle constata qu'Erig avait pris la clé. Elles ne pouvaient donc pas s'enfuir en voiture. Jessica fouilla dans tous les coins, pas de clé de rechange. Même dans le coffre à gants, elle ne trouva rien.

— J'ai le passeport, fit Maurin en fouillant dans la poche de sa veste.

Tout à coup, il brandit un pistolet et le pointa vers Erig.

— Hé ! Mais qu'est-ce que cela signifie, bon sang ? dit l'inspecteur surpris.

— Donne-moi ton arme ! dit Maurin. Vite, ce n'est pas une plaisanterie !

Erig, hésitant, voulait demander à nouveau ce qui se passait.

Alors, un bruit assourdissant retentit. Maurin avait tiré dans la jambe de l'inspecteur Erig pour donner plus de poids à son ordre.

La balle traversa les muscles et ressortit par l'arrière de sa jambe, laissant une plaie béante. Erig s'écroula en criant. Il pressa sa main sur sa blessure pour empêcher le sang de s'écouler trop vite.

Par terre, il se roulait de douleur. La poussière collait à ses vêtements et le sang chaud s'infiltrait dans le sable.

Jessica et Hanna tressaillirent. Elles sortirent de la voiture à toute vitesse et coururent jusqu'à la maison la plus proche. Heureusement, les portes n'étaient pas fermées, mais simplement entrouvertes.

Elles avaient laissé les portières de la voiture ouvertes. Elles étaient en plein bois, à une bonne distance de la localité la plus proche et il n'y avait pas âme qui vive. Entre les arbres, soufflait un fort vent qui semblait annoncer un grand malheur...

Maurin s'agenouilla près d'Erig occupé à gémir et lui tâta le ventre. Il trouva sans peine son arme et s'en empara. Deux autres automobiles vinrent se ranger près de Maurin qui se redressa et laissa Erig où il était.

Les cris de douleur de ce dernier emplissaient la forêt, tout comme le bruit des pneus sur la route de gravier.

Maurin attendit. Quatre hommes descendirent des deux Mercedes de couleur sombre. L'un d'eux était le garde du corps. Maurin ne se retourna même pas vers eux.

Son regard tomba sur la voiture d'Erig. Il remarqua les deux portières ouvertes. Il en déduisit rapidement que les deux femmes avaient couru se réfugier dans la maison d'à-côté.

— On vous a envoyés pour ce boulot ? demanda-t-il froidement en regardant vers les maisons vides.

— Oui, on dirait que nous arrivons au bon moment! fit l'homme en souriant.

Maurin se tourna vers lui.

— Vous êtes des incapables ! C'était à vous de faire ce travail. Sans mes conseils, vous les auriez laissés s'échapper. J'en parlerai à votre patron !

Maurin les regarda dans les yeux et se tut. Puis, il se tourna vers le garde du corps.

— Les femmes sont cachées dans cette maison-là, dit-il.

Puis, il désigna deux autres hommes.

— Vous deux, allez les chercher, ordonna-t-il.

— Vous les voulez vivantes ? demanda l'un d'eux.

— Faites-en ce que vous voulez, elles ne termineront pas cette journée vivantes de toute façon, répliqua le garde du corps.

Les deux hommes se dirigèrent vers la malle arrière de leur voiture et en sortirent chacun une arme. Après les avoir chargées et enlevé le cran de sûreté, ils marchèrent en direction de la maison.

— Vous pouvez y aller, Monsieur... Moi et mes gars, on s'occupe du reste, dit le garde du corps.

— Pas question ! Il en va de ma vie et je veux m'assurer que l'affaire se règle correctement !

Son regard subitement tranchant comme une lame de rasoir étonna même le garde du corps.

L'intérieur de la maison ressemblait à un musée. On avait conservé ça et là des meubles d'origine. Mais les deux femmes n'avaient guère le temps de s'attarder à la décoration. De plus, il faisait si sombre dans la maison qu'elles pouvaient à peine voir quelque chose.

Complètement essoufflées, elles jetèrent un coup d'œil à l'extérieur par l'une des fenêtres. Elles ne pouvaient pas entendre ce qui se disait, mais elles virent les deux hommes armés se diriger vers la maison.

— Ils veulent nous tuer ! fit Hanna, en s'écartant à reculons de la fenêtre. Vite, cachons-nous.

Elle donna une petite tape sur l'épaule de Jessica. Elles grimpèrent un petit escalier en bois.

— Nous devons nous séparer, recommanda Hanna, à voix basse.

Elle se hâta vers la cuisine où il ne restait que le four à bois, pendant que Jessica se réfugiait dans une chambre à coucher. Elle tenta de se cacher derrière une commode.

Les hommes avaient déjà atteint les premières marches de l'escalier en bois qui conduisait à la véranda, puis à la maison. Quelques instants plus tard, ils arrachèrent la porte. Ils firent irruption dans la maison, le canon de leur arme pointé vers l'avant, prêts à tout.

Curieusement, il n'y avait presque pas de poussière sur le sol, ce qui était inhabituel pour une si vieille maison. Ils ne purent donc pas se servir des traces de pas pour diriger leurs recherches.

Les deux hommes étaient des professionnels. Pour eux, il était évident que les deux femmes se cachaient. Sûrement pas au rez-de-chaussée, trop encombré de meubles, mais plutôt à l'étage dans une des chambres à coucher.

Ils dirigèrent presque en même temps leur regard vers le haut.

— Pour... quoi ? gémit Erig, couché par terre, alors que sa jambe saignait abondamment.

Maurin le toisa du regard. Les deux hommes de main saisirent le pistolet qu'ils avaient dans leur poche et le pointèrent vers le policier sans défense.

— Non, pas encore ! leur ordonna Maurin en s'agenouillant près de lui. En fait, je ne connais pas ces aimables gaillards... On m'a frappé moi aussi autrefois ! Tu peux me croire !

Erig le regarda. Il tressautait constamment à cause de ses douleurs atroces.

— À l'époque, poursuivit Maurin, ils avaient enlevé ma fille. Je n'ai pu la sauver qu'en l'échangeant contre une autre enfant. Ils m'y ont forcé.

Maurin regarda vers la maison dans laquelle les deux hommes venaient d'entrer.

— La jeune Viner a tout simplement eu la malchance d'être sacrifiée à la place de ma fille, continua-t-il. Jamais je n'aurais imaginé qu'Hanna pouvait être encore en vie. C'est pour cela que j'ai classé l'affaire. Vous savez, j'avais de grosses dettes, le milieu m'a alors proposé de leur vendre des tuyaux. Alors, j'ai fait beaucoup d'argent et j'ai même pu envoyer ma fille dans les meilleures écoles.

Maurin inspira et expira profondément et joignit les mains. Puis Erig le regarda intensément.

— Minable ! Combien de vies as-tu trahies ? proféra-t-il avec difficulté.

Maurin posa vivement sa main sur la blessure d'Erig et appuya.

Un cri strident résonna dans toute la forêt.

— Aucune, en réalité, puisque cette fille a été donnée en échange de la vie de ma fille. Ensuite, le reste n'était que des informations, des données que le FBI collectait sur eux. Rien de particulier, donc, répondit-il. Je me disais donc que le coup aurait été terrible pour moi parce qu'il s'agissait de ma fille unique. J'étais obligé d'agir ainsi. Puis, on m'a dit qu'Hanna était morte. Je ne soupçonnais pas qu'elle avait été revendue.

Maurin fit une pause. Puis, il poursuivit :

— Lorsque j'ai appris que cette fille vivait encore, j'ai dû tenter quelque chose. J'ai d'abord cru à un hasard incroyable. Mais quand les choses se sont précisées, j'ai décidé de m'occuper personnellement de ce problème.

Maurin se pencha vers Erig et le regarda avec insistance.

— Je vais bientôt profiter de ma retraite et d'un bon revenu, durement gagnés. Or les voilà mis en jeu. Vous comprenez ? Elle peut m'identifier, c'est pourquoi il faut la liquider. Mais on dirait qu'ils ont eu besoin de mon aide...

Erig essaya de rire et toussa.

— Je n'arrive pas à le croire... Comment peut-on tomber aussi bas ? Et tout ça pour de l'argent ?

— Là, tu te trompes encore une fois. Ma fille est morte du sida, il y a trois ans. Son traitement dans les cliniques privées m'a coûté des sommes faramineuses. Je n'ai plus rien en dehors de cette pension de retraite, qui est maintenant menacée... Je veux terminer ma vie en paix en compagnie de ma femme, à l'aide de l'argent qui me reste. Et cela, personne ne me l'enlèvera pas, tu entends !

Dans la maison, tout était plongé dans la pénombre. Jessica se recroquevilla lorsqu'elle entendit les craquements provoqués par l'arrivée des deux hommes. Mais ils passèrent devant elle. Ils fouillaient la maison de fond en comble. Jessica osa à peine respirer lorsqu'ils passèrent tout près.

Ils s'étaient à peine éloignés que Jessica se glissa vers la porte. Ils se dirigeaient maintenant droit vers Hanna. Jessica ouvrit doucement la porte.

— Allez, sortez de là, mes jolies... Vous n'avez pas la moindre chance de nous échapper. On va vous retrouver, c'est sûr ! se moqua l'un des hommes.

L'autre se mit à rire de telle façon que Jessica eut un haut-le-cœur.

Arrivés à la cuisine, l'un d'eux retint la porte pour que l'autre puisse entrer. Il dirigea le canon de son arme vers les armoires. La pièce était suffisamment grande pour offrir une bonne cachette.

— Une cuisine à l'étage ? demanda le premier, tout étonné, en examinant les lieux.

Ils commencèrent à chercher. Penché vers l'avant, l'un essayait d'ouvrir quelques-uns des grands tiroirs, pendant que l'autre farfouillait dans les armoires. Au bout d'un moment, ils avaient fouillé la pièce en entier sans rien trouver.

Soudain, l'un d'eux s'arrêta devant une petite chambre qui devait servir auparavant de cellier. L'homme pointa son arme vers la porte. L'autre, qui avait compris, ricana. Le premier saisit la poignée et, d'un mouvement brusque, poussa la porte.

Au fond de la pièce, Hanna était accroupie. Tous deux levèrent leur arme et la tinrent en joue. Effrayée, Hanna tressaillit. Elle heurta de la tête un plat ancien qui tomba à terre et se brisa.

— Sors d'ici, petite traînée ! dit le premier en la fixant.

Épouvantée, Hanna se releva en hésitant et s'extirpa de la pièce étroite, à la grande joie des deux hommes.

— En voilà une ! dit le premier d'un air triomphant, en regardant Hanna passer devant lui les mains en l'air.

Il l'attrapa par les épaules et la fit pivoter vers lui. Son arme toujours pointée vers la jeune fille, il baissa légèrement le canon.

— Le chef a dit qu'on pouvait faire tout ce qu'on voulait avec elles, pas vrai ?

Son complice approuva.

— Elle n'est pas laide du tout, cette petite. Laissons-la nous gâter un peu !

L'homme mit ses mains sur la poitrine d'Hanna et essaya de défaire les premiers boutons de sa blouse. L'autre se mit à rire. Perdant patience, le premier lui arracha alors sa blouse.

— Allonge-toi sur le sol ! ordonna-t-il.

Hanna obéit. Après tout, elle était habituée à un tel traitement. Elle se laissa donc glisser par terre et attendit la suite.

Debout devant elle, l'homme déposa son arme et défit rapidement sa ceinture. Son comparse, quant à lui, restait à côté et observait la scène.

— On aura bientôt la deuxième ! dit-il.

Tout à coup, il crut entendre du bruit par derrière. Il tourna la tête et aperçut Jessica juste devant lui. Elle tenait une lourde barre en fer qui mesurait bien un mètre de long et levait le bras pour frapper. Il la reçut en plein visage.

Barbouillé de sang, l'homme s'écroula en criant et ne bougea plus. L'autre, les pantalons au plancher et prêt à abuser d'Hanna, resta pantois lorsqu'il vit son complice s'effondrer.

Saisissant l'occasion, Hanna lui décocha un violent coup de pied entre les jambes. Jessica asséna ensuite au tortionnaire un coup de barre sur le crâne.

Les deux hommes gisaient maintenant sans mouvement. Mais Jessica continuait à les frapper de toutes ses forces. Elle semblait avoir perdu la tête. Puis, le calme revint.

Hanna se redressa. Tout s'était déroulé si vite qu'elles n'avaient ni l'une ni l'autre une idée de ce qui allait suivre. Prenant l'initiative, Jessica saisit l'une des armes. Elle pivota sur ses talons et s'apprêta à quitter la pièce.

Hanna l'entendit murmurer :

— Plus jamais !

— Tu sais, les choses n'auraient pas dû se passer comme ça, fit Maurin en se redressant. Nous serons peut-être des amis dans une prochaine vie.

— Tu es une sale ordure ! dit Erig en gémissant.

Maurin fit un clin d'œil au garde du corps. C'était un arrêt de mort !

Pendant que Maurin se dirigeait vers sa voiture, le garde du corps pointa son arme sur Erig. Debout à côté d'eux, l'autre homme se contentait de regarder.

Jessica descendit les escaliers et s'arrêta devant la porte. Pendant ce temps, Hanna se relevait et tentait de reboutonner sa blouse.

Jessica avait dans le regard une expression égarée. Ses mains étaient souillées de sang. Comme saisie de vertige, elle leva le canon de son fusil. Elle savait qu'il était chargé.

Elle regarda par la fenêtre pour voir ce qui se passait dehors. Telle une bête féroce à l'affût, elle guettait le bon moment.

Le garde du corps ajusta son arme et visa Erig. Le jeune homme ferma les yeux et se prépara à mourir. Mais, soudain, un bruit assourdissant surgit d'entre les arbres. Un puissant coup de klaxon emplit toute la forêt et fit trembler le sol.

Déboulant du virage, un camion se dirigeait en trombe vers les trois véhicules. Projetées sur le côté, les deux premières voitures vinrent frapper les murs en bois de la première maison. La violence du choc fut telle que l'une des voitures explosa dans les airs.

C'était le signe que guettait Jessica. Elle n'était plus elle-même lorsqu'elle sortit. Elle pointa son arme sur Maurin qui, bouche bée, regardait le poids lourd frôler sa voiture. Puis il vit Jessica s'avancer vers lui. Sans se troubler le moins du monde, elle le visa et tira. Maurin sauta sur le côté et la balle le manqua d'un cheveu. Se roulant par terre, il saisit son pistolet et voulut riposter. Mais une deuxième balle l'atteignit au ventre et son arme lui tomba des mains.

Jessica rechargea son fusil. Elle le manipulait avec précision, comme si elle avait passé toute sa vie à chasser.

Tordu de douleur, Maurin revit les derniers événements au ralenti : Jessica marchant lentement vers lui et pointant son arme dans sa direction. Alors, elle tira pour la troisième fois. Touché en pleine poitrine, Maurin s'immobilisa.

Après avoir rechargé son arme, Jessica se dirigea vers les deux autres hommes.

Celui qui était resté près du garde du corps avait tiré sur le camion pour tenter de l'arrêter. Il s'était ensuite couché par terre pour se mettre à l'abri des voitures projetées dans les airs. Au moment où il voulut se relever et saisir son arme qui lui avait échappé, Jessica l'abattit. Et elle rechargea son fusil.

Un autre coup retentit, mais cette fois, c'est Jessica qui fut touchée. Le garde du corps avait aussi réussi à se mettre à l'abri lorsque le camion était venu percuter les voitures. Maintenant, il attendait, prêt à tirer.

Sous la violence de l'impact, l'épaule de Jessica se désintégra. La jeune fille s'effondra. Un hurlement effrayant envahit les bois. Le garde du corps la visa à nouveau.

Un regard de feu assoiffé de vengeance et un visage marqué par une haine démesurée se tournèrent vers lui. De toutes les forces qui lui restaient, Jessica tenta d'agripper l'arme qui était tombée de ses mains lorsque la balle l'avait frappée.

Elle rampa sur le sol poussiéreux et tendit le bras aussi loin qu'elle put vers le fusil. Alors qu'elle luttait pour sa survie, le garde du corps semblait s'en amuser.

C'était sans compter avec Hanna. Sans qu'il s'en aperçoive, elle l'avait rejoint par l'arrière et appuya sur la détente... Il repéra son mouvement du coin de l'œil et, à la dernière seconde, il essaya de sauter sur le côté, mais en vain. La balle lui arracha le visage.

Hanna laissa lentement tomber son arme encore fumante dans le sable. Elle chercha sa petite sœur du regard. Jessica ne bougeait plus. Son sang s'écoulait dans le sable.

Le camion de Jack était tout juste bon pour la ferraille. Avant de s'écraser contre un mur, il avait enterré au passage une des deux Mercedes. Le feu commençait maintenant à se propager à une des maisons.

Ayant réussi à s'extirper des décombres, Jack courut vers Erig. Toujours étendu, celui-ci avait assisté à toute la scène.

— Moi, ça va. Occupez-vous d'elle ! cria l'inspecteur Erig d'une voix douloureuse.

Mais chez lui aussi, le sang coulait à flots. Jack suivit le regard d'Erig. Il réalisa la situation et se releva rapidement.

— Jessica ! cria-t-il à plusieurs reprises, Jessica !

Il courut jusqu'à elle. Agenouillée près de sa sœur, Hanna lui caressait le visage.

— Jessica, je t'en prie... Ne me laisse pas seule !

Des larmes coulaient sur son visage. Elle tentait de retenir rapprochées les lèvres de la blessure. Entre-temps, le sang avait entièrement envahi la blouse de la jeune fille. Ses paupières vacillèrent. Elle voulut dire quelque chose, mais elle n'y parvint pas.

— Laisse, Jessica, tu n'as pas besoin de parler, dit Hanna en se penchant vers elle.

Elle déposa un long baiser sur sa joue maculée de sang. Il fallait administrer d'urgence les premiers soins à Jessica. Jack s'en rendit compte et s'attela immédiatement à la tâche.

Le baiser avait laissé des traces de sang sur le visage d'Hanna, mais en cet instant la jeune fille ne s'en souciait guère.

— Je t'aime, Jessica... souffla-t-elle dans l'oreille de sa petite sœur. Et je me réjouis de me retrouver enfin à la maison !

Jessica la regarda et comprit chaque mot. Mais, ensuite, ses forces la quittèrent. Il lui sembla qu'Hanna lui parlait encore, car ses lèvres bougeaient. Mais elle n'entendait rien.

Jessica tourna la tête de tous les côtés et se recroquevilla. Ses douleurs reprirent le dessus et elle perdit conscience.

Chapitre 23

Devant la résidence des Viner, quelques amis et connaissances attendaient avec impatience. Deux colonnes d'autos-patrouilles arrivèrent en convoi, suivies par une Mercedes bleu foncé. Après avoir tourné le coin de la rue, elles se dirigèrent lentement vers la maison des Viner. La mère de Jessica, son père et sa sœur Marlène attendaient devant.

On racontait des tas d'histoires. Conny, Nicolas et Martin, venus saluer Jessica, roulaient un peu des yeux et s'amusaient de ces manières petites-bourgeoises. Puis, ils aperçurent les quatre premières autos-patrouilles, suivies de la Mercedes de couleur sombre.

Tout devint calme. Les parents demeurèrent rivés sur place lorsque Marlène s'avança vers la première voiture et attendit sur le trottoir qu'elle s'arrête.

Le conducteur et un passager descendirent. Le passager ouvrit la portière arrière, puis Jessica s'extirpa de la voiture, non sans difficultés. Elle avait le bras en écharpe et quelques pansements sur une joue. Elle ne pouvait pas bouger l'épaule, mais elle était au moins capable de marcher. Marlène la salua chaleureusement. Puis ses parents accoururent.

Jessica fit quelques pas à leur rencontre.

— Jessica, mon enfant ! dit tout bas sa mère.

Elle embrassa délicatement sa fille tandis que le père les embrassait toutes les deux en même temps. Ils restèrent ainsi quelques instants, puis Jessica se dégagea et se plaça face à eux de manière à bien les regarder dans les yeux.

La foule, rassemblée dans le jardin devant la maison, observa la scène. On entendait un léger chuchotement.

— Maman, j'ai une surprise pour toi, fit Jessica.

Elle sourit et se tourna vers le conducteur de la voiture foncée. Le conducteur la vit et fit un signe. À ce moment, deux visages connus émergèrent des voitures. C'était Cusack et Erig qui avait la jambe gauche dans le plâtre. Il sourit à Jessica.

Le conducteur de la voiture foncée ouvrit de son côté la portière arrière. Quelqu'un en descendit. Hanna.

Elle regarda tous ces visages qui l'observaient, pleins d'espoir. Intimidée par cet environnement étranger, elle contourna la voiture et s'arrêta. Tout à coup, elle reconnut sa mère et alla vers elle. Ni son père ni sa sœur Marlène ne savaient quelle attitude adopter. La mère porta la main à son menton frissonnant d'émotion.

— Oh non, murmura-t-elle, alors que les premières larmes coulaient sur son visage.

Car son cœur savait depuis longtemps qui était là devant elle. Mais pendant quelques secondes qui semblèrent une éternité, son esprit hésita encore un peu et maintint la confusion.

— Oh non... Oh non ! pleura-t-elle en regardant sa fille. Mon Dieu, Hanna !

Et la force lui manqua. Elle s'affaissa. Son époux et Marlène eurent juste le temps de la rattraper.

Hanna n'arrivait plus à contenir ses larmes. Des traces humides apparurent peu à peu sur ses joues, sur celles de son père et de sa sœur Marlène aussi.

Hanna se trouvait enfin devant eux, dos au soleil, qui l'auréolait d'une couronne de lumière. Elle semblait être à la fois une silhouette irréelle et quelqu'un de vivant et de proche.

Elle s'approcha d'eux en hésitant. Prenant d'abord sa mère dans ses bras, elle la serra très fort contre elle.

— Maman, soupira Hanna, la tête dans son épaule.

Pendant des années, elle avait tant aspiré à dire ce mot. Maintenant, c'était enfin une réalité !

— Maman ! répéta-t-elle à plusieurs reprises. Maman, où étais-tu ?

Ça et là dans la foule, on sortait des mouchoirs. Beaucoup de gens compatissaient avec les Viner et étaient très heureux de voir Hanna de retour parmi eux.

De loin, Cusack et Erig observaient les retrouvailles de la famille Viner, chacun embrassant l'autre, puis, tout le monde s'embrassant à la fin.

— Il y a une fin heureuse, dit Erig à son chef.

— Ah oui, heureuse ? dites-vous, demanda Cusack, surpris.

Erig invoqua très bas, comme une prière, le nom de Jessica qui restait à côté et semblait regarder l'accueil que sa famille faisait à Hanna. Indifférente comme si elle n'y était pas.

Et pourtant !...

— Quelle merveille si tout cela c'était vraiment terminé ainsi ! dit tristement Erig.

***

Les yeux fermés, Jessica entendit encore des voix autour d'elle, mais de très loin.

Un vent chaud ébouriffa ses cheveux et lui réchauffa le corps.

Puis tout s'évanouit autour d'elle dans un brouillard blanc éclatant.

La voix d'Erig résonna doucement dans son oreille :

— Jessica, viens, allons-y. Il est temps.

« Oui, Erig », pensa-t-elle.

Jessica était fatiguée, si fatiguée, tellement épuisée par cette succession d'événements et d'efforts ! Tout ce qu'elle voulait, c'était se reposer et dormir...

Peut-être Jessica entendit-elle encore les appels d'Hanna et de Jack qui, agenouillés près d'elle, tentaient de lui sauver la vie. Derrière eux, les pompiers et les ambulanciers arrivaient et s'appliquaient à leur tâche.

Le feu s'attaqua aux grands sapins et aux buissons. Une autre maison de la ville fantôme prit feu. Les flammes jaillissaient de partout. Une odeur de brûlé envahit l'atmosphère.

Le vent effleura le visage de Jessica étendue par terre. Puis un rideau obscur tomba.

Pour toujours...

Pornographie infantile

Dans Internet, on peut télécharger une image pornographique représentant un enfant en une vingtaine de secondes.

La personne qui télécharge une telle image devient à ce moment, qu'elle le veuille ou non, un « client ». Car seule la demande crée les offres qui y répondent.

L'abus des enfants n'est pas un phénomène nouveau. Cependant, Internet est le premier médium qui permet d'accéder de manière simple et anonyme à ce matériel pornographique. L'accès facile et rapide a un effet de stimulation sur des gens qui, autrement, ne se risqueraient peut-être pas à donner suite à ce penchant. Internet facilite aussi l'accès à la pornographie infantile à des gens qui, au départ, sont seulement curieux, mais qui finissent par prendre goût à la chose.

Les blessures psychologiques qui sont infligées à ces enfants ne les quitteront pas de toute leur vie.

Un mot sur l'auteur

L'auteur suisse, Andreas A. Noll, est né à Zürich en 1965 d'un père allemand et d'une mère suisse (Tessin).

Depuis de nombreuses années, il écrit des romans et raconte des histoires. Il a fini par publier ses manuscrits suite à l'insistance de ses amis et connaissances. Après avoir publié son roman *Psychogen...* (n book verlag 2001), il entame avec son cyberthriller, *www.moins-de-16.com* une nouvelle série de romans passionnants et dramatiques.

Noll s'est engagé dans la lutte contre toutes formes de violence faites aux enfants. C'est pourquoi, il a décidé que, pour chaque livre vendu, il donnerait un euro ou un franc suisse (ou tout autre équivalent) à une association aidant les enfants victimes de violence.

Éditions de la Paix inc.
127, rue Lussier
Saint-Alphonse-de-Granby, Québec J0E 2A0
Téléphone et télécopieur (450) 375-4765
info@editpaix.qc.ca
www.editpaix.qc.ca

ROMAN
Yves Steinmetz, Suzanne, ouvre-toi
Patricia Portella Bricka, L'Itinérante
Jean-Paul Tessier, FRANÇOIS, le rêve suicidé
FRANCIS, l'âme prisonnière
MICHEL, le grand-père et l'enfant
L'Ère du Versant (humour)
Hélène Boivin, Le Bonheur a un nom
Pierre Léveillé, La Planète Date
Rollande Saint-Onge, Du soleil plein la tête

ADOS/ADULTES PLUS
Yves Steinmetz, Votez Gilbarte
Andreas A. Noll, www.moins-de-16.com

RÊVES À CONTER
Diane Pelletier, Murmures dans les bois
Rollande Saint-Onge
Petites histoires peut-être vraies (T. I)
Petites histoires peut-être vraies (T. II)
Petits contes espiègles

PSYCHOLOGIE POPULAIRE
Pierre Pelletier
Amour au masculin et expérience spirituelle
Hermann Delorme
Crois et meurs dans l'Ordre du temple solaire
Hélène Desgranges, Choisir la vie

ESSAI
Robert Larin, Brève Histoire des protestants en Nouvelle-France et au Québec, XVIe-XIXe siècles (Prix Percy-Foy)
Solange Hamel, Les Patriotes oubliés de la Montérégie (Prix spécial de l'Association des auteurs de la Montérégie)

ÉSOTÉRISME
Louise Crochetière, Harmonie globale de l'être
Monique Gaudry, Le Sceptre de fer
Huguette Bélanger, Les Chakras, fontaine d'énergie pour grandir
André Cailloux, Trésors cachés

PETITE ÉCOLE AMUSANTE
Charles-É. Jean
Question de rire, 140 petites énigmes
Remue-méninges
Drôles d'énigmes
Robert Larin
Petits Problèmes amusants
Virginie Millière
Les Recettes de ma GRAM-MAIRE

Achevé d'imprimer
en novembre deux mille quatre, sur les presses
de l'imprimerie Gauvin, Gatineau, Québec